阿濃

兒童文學作品

精選集

山邊出版社有限公司

阿濃兒童文學作品精選集

作　　者：阿濃
責任編輯：陳友娣
繪　　畫：Sheung Wong
美術設計：何宙樺
出　　版：山邊出版社有限公司
　　　　　香港英皇道 499 號北角工業大廈 18 樓
　　　　　電話：(852) 2138 7998
　　　　　傳真：(852) 2597 4003
　　　　　網址：http://www.sunya.com.hk
　　　　　電郵：marketing@sunya.com.hk
發　　行：香港聯合書刊物流有限公司
　　　　　香港荃灣德士古道 220-248 號荃灣工業中心 16 樓
　　　　　電話：(852) 2150 2100
　　　　　傳真：(852) 2407 3062
　　　　　電郵：info@suplogistics.com.hk
印　　刷：中華商務彩色印刷有限公司
　　　　　香港新界大埔汀麗路 36 號
版　　次：二〇一七年五月初版
　　　　　二〇二四年一月第六次印刷

認識阿濃

阿濃，原名朱溥生，1934 年出生。1954 年畢業於香港葛量洪師範學院，任職中小學教師 39 年。曾任香港兒童文藝協會會長、加拿大華裔作家協會副會長、報刊編輯等。1993 年退休後移居加拿大，至今寫作不輟。

2009 年，獲香港教育學院（即今香港教育大學）頒授第一屆榮譽院士名銜，以表彰其對教育及文學的貢獻。

阿濃的作品有小說、散文、新詩、劇本、報章專欄等，已出版書籍過百種。他的劇本《天生你材》拍成電視劇後，在 1984 年獲得紐約電影電視節銀獎、芝加哥電影電視節銀獎，又在 1988 年獲國際復康聯會電影節戲劇組亞軍。

阿濃五度獲香港中學生選為「最喜愛作家」，得獎作品更是不勝枚舉，僅摘記如下：

- 冰心兒童圖書獎：《是我心上的溫柔》、《叉燒包和漢堡包》等。

- 陳伯吹園丁獎：《阿濃說故事 100》之＜樹下老人＞。

- 香港中文文學雙年獎：《阿濃說故事 100》。

- 香港中文文學雙年獎推薦獎：《去中國人的幻想世界玩一趟》、《幸福窮日子》。

- 香港「中學生好書龍虎榜」十大好書：《點心二集》、《青果一集》、《青果二集》、《阿濃說故事 100》、《阿濃小小說》、《一百個看不厭》、《本班最後一個乖仔》、《快樂有巢氏》、《老井新泉》、《童眼看世界》、《癡心留一角》、《新愛的教育》、《好說好說》、《細說心語》、《生活一瞬間》、《快樂的紅簿仔》、《幸福窮日子》等。

請細細品嘗

阿濃

　　說到「精選」，要看有沒有足夠的原始資料，選得精不精。

　　精選集的作品來自不同出版社出版的書籍，版權的「釋放」是一個困難又艱難的過程，有時更無法達致。因此精選集不一定能包羅作者所有最好的作品，只能是部分作品中的較滿意作品。

　　不過，我的每一本書已是從報章雜誌中經過較嚴格的挑選結集而成，再從中挑選一下，應該是比較「精」的了。

　　這本書分生活故事、童話和散文三類，我分別談談。

　　生活故事是我一開始從事兒童文學寫作的文體。跟小說不同的地方是藝術要求沒有那麼高，較平實地說生活中發生的故事。想像力不要求那麼豐富，現實性卻比較強。我的故事最強的特色是幽默感，幾乎每一篇都有「笑點」，而少年讀者都是喜歡笑的。親情是一大主題，其中《漢堡包和叉燒包》曾被選為「八十年代最佳故事」，被許多學校和同學用來參加各種比賽，得了許許多多的獎，是其中傳誦最多的故事。《天生我材》是真人真事，原劇本拍成電視劇獲得多個國際大獎。同樣也被選為「八十年代最佳故事」。故事中的「玻璃骨人」王均祥已於二〇〇九年去世。

童話跟生活故事最大的不同是它的非現實性，具備突出的想像力，越豐富越奇妙越好，但它的主題卻又不脫離生活現實，只是用另一種手法來表現。對低幼兒童來說，聽童話跟聽生活故事無大分別，動植物有思想感情、會說話，一點也不奇怪。寫童話就要盡量利用它這種特點，使故事更有趣。我有一本童話集《阿濃說故事100》，其中一篇〈樹下老人〉獲得「陳伯吹園丁獎」。《阿濃說故事100》曾經獲「兒童文學雙年獎」，本書選錄其中部分故事。

散文是我寫作最多的文體，因為發表的機會最多。主要寫個人的真實生活和感受，要了解一個作家，最重要是看他的散文。我的第一本書《點心集》就是散文的結集，成為散文形式的適合兒童閱讀的暢銷書，在香港算是創了先河。《點心集》也曾被選為「好書龍虎榜十本好書」之一。我一九九三年移居加拿大，因此散文部分多了異國風情。而我由上世紀八十年代寫到本世紀，也可看到時代和我心境的變遷，讀來便覺豐富。

感謝山邊出版社為我出版這個集子，讓我像做「私房菜」般有機會向讀者介紹我比較滿意的作品，編輯部和設計部門的朋友都做了大量的工作，謹在此致以誠摯的謝意。

目錄

認識阿濃　*3*

序：請細細品嘗 / 阿濃　*4*

名家導讀：
　愛意洋溢的生活故事 / 劉素儀　*14*

漢堡包和叉燒包　*16*

校巴上的蜜蜂　*21*

弟弟不聽話　*24*

家裏什麼最重要？　*27*

學校來了一位貴客　*29*

老師跌眼鏡　*32*

神奇旅程　*34*

生
活
故
事

老黑與小黃　37

因臭得福　39

是你的乖孫麼？　42

爺爺的藏寶箱　44

送書老人　46

緊張師太　48

老鼠天使　50

不打緊的東西　53

賣花女　55

生日　57

比蜜糖還甜　59

跟媽媽鬥氣　72

忘記寄出的信　79

快樂城　85

星期日的早上　94

倒霉的一天　100

天生我材　106

「芝麻糊」和「杏仁糊」　114

名家導讀：
　故事老人的智慧故事／陳華英　*122*

池邊的一夜　*124*

我的尾巴　*127*

樹下的夢　*129*

公雞怕失業　*131*

百足的煩惱　*133*

花門頂郵局　*136*

路邊公務員　*139*

黃玫瑰的等待　*141*

醜小鴨　*144*

螞蟻和蟋蟀　*146*

拔蘿蔔　*149*

望夫石的話　*151*

獨孤先生　*153*

矮屋的故事　*155*

惡夢枕頭　*157*

樹下老人　*160*

清晨的露珠兒　*163*

離去的日子　*166*

小黑的「銀行」　*169*

世上最好的禮物　*172*

故事老人　*174*

最長的故事　*176*

名家導讀：
　　仁慈的叮嚀 / 關麗珊　*180*

給松鼠　*182*

浣熊的惡作劇　*184*

懷念蟲兒　*186*

破曉湖上　*187*

秋葉 • 流水　*188*

落葉季節　*190*

蒲公英的種子球　*191*

為樹取名　*193*

不捨此屋　*194*

仿廣告一則　*196*

不負此耳　*197*

答詩問　199

記憶的抽屜　201

砌圖的兩面　203

架空電線　204

笨鳥先飛　206

廢話　207

神奇手指　209

情緒人　211

煩人　213

做鷹犬的材料　214

怎樣才算 nice　215

哭泣的靈魂　216

活潑　217

一條公式　218

中看也好　219

笑容迷人　221

醫生與植物　222

糟老頭　224

姿態優雅　225

碼頭老人　226

鄉愁無端　228

孩子怕怕　229

尋褲記　231

受氣袋　232

跟母親相像嗎？　233

夢中見爺爺　235

天使和女巫　237

釣金魚　238

賣花女　240

腳　241

耳朵　243

手肘　244

死亡的印象　246

講鬼故事的情趣　249

教小猴子塗鴉　251

且慢　254

生活故事

名家導讀

愛意洋溢的生活故事

劉素儀

　　我所認識的阿濃先生，是溫文爾雅、又愛唱歌的好爸爸、好老師和值一百分的好伴侶。阿濃先生為孩子創作的生活故事，都源於生活，充滿了愛，讀後令人心頭一暖。

　　這個精選集的故事，洋溢着師生之間的愛，父母、子女、兄弟和爺孫之間的親情，還有小朋友之間寶貴的友情。生活中發生的衝突、變奏、挑戰和大大小小的事情，在阿濃的筆下變成一個又一個有趣的故事。像《漢堡包和叉燒包》裏的小強和爺爺，爺孫二人對食物有不同喜好，卻又互相尊重和關顧，溫情滿溢。《校巴上的蜜蜂》寫鬥氣的兩個同學，因為一隻闖入校巴的蜜蜂而和好。《是你的乖孫麼？》寫小朋友的善行，讓孩子知道世上除了利己，也有利他的高尚情操。《爺爺的藏寶箱》寫保護環境，可由培養個人好習慣做起。《比蜜糖還甜》充滿猜文字和謎語的趣味。《賣花女》寫沒那麼幸運的女孩，在情人節的晚上賣花的奇遇，《天生我材》則是寫天生有缺陷的「玻璃骨人」如何堅忍、克服困難，

銳意不做別人的負累，成為對社會有貢獻的人，故事充滿愛和憐憫，非常感人和勵志。

　　阿濃先生的文筆精煉，文字活潑生動，又擅於利用人物的對話和行動推展情節。小朋友在閱讀這些生活故事後，除語文能力有所提升外，在了解生活的本質，在個人成長方面，也一定有極大幫助。

劉素儀

香港兒童文藝協會永久會員，香港作家聯會會員。曾任職廉政公署社區關係處、布政司署、建造業訓練局等。業餘創作散文和兒童故事，已出版作品十餘種。

漢堡包和叉燒包

有一天，小強陪爺爺到書店買書。爺爺買了五本，小強買了一本。六本書都由小強拿着，因為爺爺年紀大了，行動不方便，而小強卻是一個很健壯的小孩。

買完書，已經是吃午飯的時候。爺爺說：「我們不回家吃飯了，爺爺請你飲茶吃叉燒包吧。」小強說：「我不吃叉燒包，我要吃漢堡包。」

爺爺說：「漢堡包有什麼好吃？飲茶是一種享受，可以一杯一杯慢慢地喝。點心的種類又多，叉燒包啦，蝦餃啦，燒賣啦，牛肉啦，馬拉糕啦，各有各的味道。」小強說：「茶有什麼好喝？汽水好喝得多啦！不喜歡吃漢堡包，可以吃魚柳包啦，麥香雞啦，蘋果批啦，還有炸薯條！」

爺爺說：「吃漢堡包要自己捧着盤子找座位，真是失禮；又坐不長，一吃完就要走。」小強說：「茶樓上吵得很，吃漢堡包有音樂聽，有遊戲玩，還有贈品送！」

爺爺說：「都是些騙小孩子的玩意，你喜歡去，我拿十塊錢給你自己去，爺爺自己飲茶去。」

爺爺有點生氣，小強也有點生氣。但事情就這樣決定了：小強吃漢堡包去，爺爺到茶樓飲茶。小強吃完了，再到茶樓找

爺爺。

　　爺爺上了茶樓，但見人頭湧湧，許多人都找不到座位，要站在別人後面等着。幸而爺爺只是一個人，勉強才在一張已坐滿了人的桌子旁擠出一個座位。

　　爺爺叫了一壺茶，吃了一籠點心，忽然他擔心起小強來。小強今年才九歲，很少一個人上街。爺爺怕他上來找不到自己。因為這間茶樓共有三層，層層都塞滿了人。剛才又沒有講清楚在哪一層，要找可真不容易呢！於是爺爺匆匆的結了賬，決定到賣漢堡包的店裏去找小強。

　　漢堡包店裏也一樣擠滿了人，不是小朋友就是青年人，最老的要算小強的爺爺了。爺爺在店裏繞來繞去，東張西望……一位穿着制服，賣漢堡包的姑娘有禮貌地問爺爺：「老伯，想吃點什麼呢？」爺爺説：「你見到我的孫兒小強嗎？」姑娘抱歉地説：「老伯，對不起，還是你自己到處找找吧。」

　　爺爺又兜了一個圈，仍是不見小強。心想：他一定是到茶樓去找我了，我得快點回去找他！於是，爺爺又匆匆的趕到剛才的茶樓去。由於走得太急，衣服都被汗水濕透了。可是茶樓上的人似乎比剛才還要多，人山人海，到哪裏去找呢？

　　小強到哪裏去了呢？他吃了一個漢堡包，喝了一大杯汽水後，記掛着爺爺，就急急忙忙的來到這間茶樓。二樓不見爺爺，上三樓；三樓又不見，上四樓，找得頭暈眼花，幾次把別的老人家當成了自己的爺爺。爺爺不見了，這可怎麼辦呢？手上的六本書，本來是不覺得重的，現在卻越

拿越吃力了。

小強正着急的時候，忽然聽到茶樓的擴音機在呼喚客人的名字。他靈機一觸：「對，我到服務台，請服務小姐代我播音找尋爺爺。」

服務小姐問小強：「你爺爺叫什麼名字？」這可把小強難倒了，小強一直叫他爺爺，一時記不起他的名字。小強很難為情，連耳朵都紅了。服務小姐問他説：「那麼你又叫什麼名字呢？」小強告訴了她。

於是擴音機發出叮叮噹噹的聲音，接着開始廣播：「請小強的爺爺到二樓服務台，小強找你。」

一分鐘之後，兩爺孫終於團聚了。爺爺雖然跑得一身汗，找到了小強，仍然感到很高興。爺爺説：「想不到你這樣聰明，會利用服務台找我。來，讓我們再找個座位，爺爺請你吃叉燒包。剛才我還沒有吃飽呢！」

小強吃叉燒包的時候，覺得味道的確不錯。不過，他忽然記起了一件事，問爺爺説：「爺爺，你究竟叫什麼名字？」

作者補誌：

《漢堡包和叉燒包》是我為「全港兒童故事演講比賽」創作的故事。這個比賽由香港電台、香港小童群益會、新雅兒童教育研究中心聯合主辦。一九八四年是十周年紀念，特別邀請兒童文學作家提供故事。

我也在比賽現場欣賞了整個過程。協恩中學的曾詠恆小朋友精彩的演繹獲得高級組冠軍。

一九九〇年香港兒童文藝協會、香港電台、香港小童群益會聯合主辦「八十年代香港最佳兒童故事評選」，《漢堡包和叉燒包》是十佳之一。

佩佩跟小東昨天吵架了，不但吵架，而且吵得很厲害！

佩佩說：「我以後再不會睬你！」

小東說：「不睬就不睬，誰稀罕！」

雖然他們回家之後，冷靜下來，都發覺自己有點不對，可是話已經說出口，而且說得這樣絕，再難轉彎了。

今天小東起牀稍為遲了一點，跑得上氣不接下氣，才追上了校巴。

小東一上車，見坐得滿滿的，只有一個空位。可是空位的旁邊坐的正是佩佩。

佩佩見他上車，便把臉轉向窗外。

小東心想：「她還記着昨天的事呢，坐到她身邊去未免沒趣。」

小東獨自站在那裏，校巴的司機出聲了：

「胡小東快坐下，後面不是有個空位麼？」

大家都望着胡小東，胡小東只得坐在佩佩身邊，不過他把身子坐得側側的，把臉轉向另一邊。

巴士行到半途，小東忽然聽到耳邊有嗡嗡的聲音。

他轉頭一望，見是一隻蜜蜂，正繞着他的頭打轉。小東記起今天早上洗頭，用

了一種新的洗頭水，發散着花的香味，因此把蜜蜂引來了。

　　小東曾經被蜜蜂叮過，因此對牠特別恐懼，看來佩佩也很害怕，她把自己縮得很低很低，只差沒有大叫救命。

　　校巴轉了一個急彎，那蜜蜂忽然從打轉變成亂衝亂撞。小東和佩佩同時發出尖叫，兩人的頭東躲西避，結果碰的一聲，佩佩的額頭撞了小東的嘴。

　　這時蜜蜂已經飛出窗外，兩人驚魂稍定，各自坐好。

　　小東的前面坐着一個肥仔，他偶然轉過頭來想跟小東說話，卻見小東的嘴唇腫了，他說：

　　「胡小東，你的嘴唇怎麼腫了？還流血呢！」

小東説：「沒事！」

嘴説沒事，卻覺得嘴唇在隱隱作痛。

這時忽然有人向他遞過來一包紙巾，不是別人，正是佩佩，拿紙巾讓他抹嘴。

「多謝！」小東説，他想：「現在真的沒事了！」

弟弟不聽話

玲玲今年九歲，是姐姐；波波今年五歲，是弟弟。

玲玲很愛弟弟，這是大家都知道的。

當弟弟還是一個嬰兒的時候，尿布濕了，玲玲已經懂得幫他換；肚子餓了，玲玲幫着餵奶；不肯睡覺，玲玲唱歌給他聽。

玲玲像個小母親，她愛弟弟，弟弟也愛她。弟弟睡在小牀上發脾氣，一見姐姐來就笑了；弟弟不肯吃藥，姐姐餵他他也肯吃了。

可是弟弟漸漸長大，情況似乎有了變化。

這變化正如玲玲所説：

「弟弟越來越不聽話了！」

媽媽煲了一鍋很有益的湯，名叫「清補涼」，據説去濕消暑，夏天喝最好。爸爸喝了兩大碗，媽媽喝了一大碗，玲玲喝了一大碗，只有弟弟才喝了一小口，便皺着眉頭吐了出來，説有藥味，再不肯喝了。

玲玲説：「很有益的，你一定要喝！」

弟弟搖頭。

玲玲説：「你肯喝，姐姐疼你！」

弟弟搖頭。

玲玲發脾氣説：「你不喝，姐姐打你！」

弟弟眼睛一瞪説：「我不喝！我不喝！

你打我我也打你！」

　　氣得玲玲幾乎想哭。

　　弟弟怕熱，夏天最喜歡穿一件小背心。那天爸爸説帶他們去看電影，大家都很高興。

　　玲玲説：「電影院的冷氣很厲害，弟弟穿背心提防着涼，還是換一件有領的Ｔ恤去吧。」

　　弟弟立即嚷着説：「我不穿Ｔ恤，想熱死我麼？」

　　玲玲説：「你不換上Ｔ恤，就別去看戲！」

　　弟弟又把眼晴一瞪説：「我穿什麼不關你事，你別多事！」

　　氣得玲玲對爸爸説：「波波不聽話，別帶他去！」

　　爸爸還是帶波波去了，不過多帶了一件衣服，讓波波覺得冷的時候有得穿。

　　晚上，波波因為疲倦，一早上牀睡了。玲玲難過地對爸爸説：

「爸，波波越來越不聽話啦，人家為他好，他也不知道！」

爸爸笑着説：「這是因為他漸漸長大了，越來越有自己的主意。你對他好，他不一定願意接受，這是他的權利，我們要學習尊重他。」

玲玲想不到爸爸會這樣説，但再想一想，自己似乎也是這樣，便不禁微笑了。

家裏什麼最重要？

珠珠要搬家了,媽媽看着一屋的東西發愁。因為大部分的東西都要她執拾,這麼多的物件,真是不容易。

媽媽歎氣説:

「最好什麼都不要,到了那邊全部買新的!」

幾乎全家一齊回答:

「你捨得麼?」

因為最慳儉的是媽媽,她連一條用過的繩子也捨不得丟。

大家跟着開始了一個話題:這個家裏什麼東西最重要?

弟弟搶着説是電視機,因為如果沒有電視機,他就不知道香港和世界的大事,而且他很快就會悶死了。

姐姐罵他看電視可以當飯吃,她認為最有用的是電話,有了電話,相隔千里的親友也可以通消息了;想吃東西可以叫外賣,發生意外可以叫十字車。

哥哥説夏天最要緊的是冰箱,沒有冰箱食物容易壞,從外面熱辣辣的走回來,喝杯冰水多麼好享受!

媽媽説:「你喝冰水就夠了,沒有飯吃看你肚子餓不餓!」

於是媽媽認為家裏最重要的是煮食爐。

他們你一言，我一語，爭個不休。

這時爸爸回來了，大家要他做個評判。

爸爸說：「你們說的都不對，什麼東西最重要，明天晚上大家都知道。」

第二天全家出動齊搬家，做得大家腰酸骨痛、汗如雨下。

搬空了這邊布置那邊，移來移去很費思量。從早上一直忙到晚上，才算是初步告一段落。爸爸打電話叫來了飯盒，大家胡亂吃一餐便爭着洗澡。

沒有人看電視，沒有人煲電話粥，每個人都想早點上牀躺一躺。

當大家睡在乾乾淨淨的牀上，一種舒服的感覺使大家十分滿足。於是每個人都記起父親所說的話：

「家裏什麼東西最重要，明天晚上大家都知道——便是這最能代表家庭溫暖的睡牀！」

學校來了一位貴客

班長李笑芬到校務處交點名簿，回來向大家報告說：「學校來了一位貴客。」

她說：「校長一聽說她來了，立即走出來迎接，請她進校長室，樣子十分恭敬。」

肥仔德說：「是不是什麼視察學校的教育官？」

班長說：「不是，因為她沒有拿公事包，卻拿了一個布袋。」

大頭張說：「可能是一位家長有事要見他。」

班長說：「也說不定。如果是家長，一定是一位猛人家長，因為後來校長還出來親自倒了一杯茶拿進去呢！」

下一節上課時，大家都看見這位貴客出現在課室門前，校長正帶她參觀呢。

貴客是一位老太太，頭髮全白了，但精神很好，樣子慈祥。

校長陪着她在門外站了一會兒，很溫柔地向她解釋着什麼，老人家只是聽，不久便離開了。

不過最多事的肥仔德很想查個究竟，舉手說要去洗手間。還裝出很急的樣子。

老師答應讓肥仔德去廁所，不過要速去速回。

　　肥仔德去了好半天才回來，老師問他為什麼這麼久，他說起初以為是小便，後來又想大便。

　　不過肥仔德回到座位上，忽然吃吃地笑起來，老師問他笑什麼？他說：「沒事！」老師說：「你再笑便會罰你！」

　　一下課大家便圍着肥仔德，問他看到什麼這麼好笑？

　　肥仔德未說先笑，原來他看到那位老太太拉校長的耳朵。

　　「難道她是校長的太太？」薇薇說。

　　「當時他們正在參觀花園，我從樓上看到他們，他們看不見我。校長在一棵白蘭樹上摘下了幾朵白蘭花，送給那位老太太。老太太好像怪責他摘花，就伸手擰了他的耳朵幾下。校長還哎呀哎呀地叫了幾聲。」肥仔德補充說。

　　「我想校長的太太不會這樣老。」班長說。

　　「那麼她可能是——」大家一同猜道：「校長的阿媽！」

　　小朋友們沒有猜錯。她老人家聽說兒子近來工作太辛苦，所以煲了一壺靚湯來慰勞。校長現在正躲在房間裏獨自享用呢！

老師跌眼鏡

「先生早！」

「各位同學早！」

這是今天早上的第二節課，李老師教大家數學。

李老師上個學年是這班的班主任，跟大家很相熟，她來上課，大家都有一種愉快的感覺。

「何志強，今天是你做值日生嗎？請你出來把黑板再擦一次。」

那黑板是擦過的，不過擦得很馬虎，像個大花臉。可是李老師怎麼知道今天是何志強做值日生呢？

何志強臉紅紅地出來，把黑板再擦一次，擦好之後忍不住問：

「李老師，你怎麼知道今天是我做值日生？」

「看一看黑板不就知道了！」李老師笑着説。

「先生早！」

「各位同學早！」

李老師又來上數學課了。

未講解之前，她微笑着説：

「謝謝你，陳妙韻，今天一定是你做值日生了。」

陳妙韻高興地點頭。

何志強舉手問：

「李老師，你怎麼知道今天是陳妙韻做值日生？」

「看一看黑板不就知道了！」李老師神秘地一笑。

大家看看黑板，黑板十分乾淨，連最高和最低的地方，還有那四隻角，都沒有留下上一節課的粉筆字，粉筆和板擦也放得整整齊齊的。陳妙韻做事一向認真，難怪老師猜得到。

「先生早！」

「各位同學早！」

李老師還沒有開口，何志強已經舉手問了：

「李老師，你猜今天是誰做值日生？」

李老師看看黑板說：

「我看是陳妙韻吧？擦得這麼乾淨！」

「不是，你再猜！」何志強說。

李老師又再猜了幾個名字，每次何志強都興奮地說：「猜錯了！」

最後李老師說：「何志強，難道是你？」

「可不是嗎！」何志強很滿足的樣子。

「這次老師跌眼鏡了！」李老師說。不過她的樣子似乎跟何志強一樣的高興。

媽媽叫聰仔到天台去，把那柄掃帚收回來，媽媽上去掃落葉，忘記在上面了。

聰仔忙着做功課，然後是吃晚飯、看電視，幾乎忘記了媽媽的吩咐。

到他記起時，已經是晚上九點多鐘了。

聰仔匆匆忙忙走上天台，但見一天的星星，十分美麗。

這是一個公用的天台，夏夜不少人上來乘涼，今晚卻一個人也沒有，大概是天氣已涼的原故。

聰仔找到了那柄躲在牆角的掃帚，正準備拿回家去時，一個老婆婆忽然出現，她對聰仔說：

「小朋友，我剛才留下了一柄掃帚在這裏，讓我看看你手上的掃帚是不是我的？」

聰仔把掃帚遞給老婆婆，老婆婆拿到眼睛底下辨認了一番，還給聰仔說：

「原來不是我的，還給你！」

聰仔把掃帚拿回家，告訴媽媽說：

「媽，我把掃帚拿回來啦！」

可是媽媽說：

「什麼，剛才我見你沒空上去拿，我已經自己上去拿下來啦，放在廚房門背後呢。」

聰仔説：

「你大概把人家的掃帚收回來了，讓我拿去還給她。」

聰仔把廚房門後的掃帚拿上天台，見那老婆婆還在尋找，便説：

「婆婆，是這一把麼？」

老婆婆一看便歡喜地説：

「是啊，是這一把！」跟着説：「為了謝謝你，我願意帶你來一趟神奇旅程，過來，坐在我後面。」

老婆婆橫跨掃帚，像故事中的巫婆。聰仔一向膽大，便聽話坐在老婆婆背後。

老婆婆問聰仔有沒有想去的地方，聰仔説這幾天住在新界的爺爺病了，想去看看他。

老婆婆唸了幾句咒語，掃帚便離地而起，聰仔起初有點緊張，但很快鎮定下來，在半空欣賞這個城市美麗的夜色。

掃帚把聰仔帶到爺爺的村居外面，聰仔隔着窗子看見婆婆正在餵爺爺吃粥，看樣子爺爺已好了很多。

當聰仔回到自己家中時，爸爸説：「好幾天沒問候爺爺了，不知他情況怎樣？」

聰仔説：「爺爺好多啦，可以吃粥了。」

爸爸瞪他一眼説：「小孩子亂講！你怎麼知道！」

老黑與小黃

　　冬冬家裏養了兩隻狗，一隻叫老黑，牠已經很老了；一隻叫小黃，是一隻頑皮的小狗。

　　老黑也有過年輕的日子，那時牠叫小黑，只要翻一翻冬冬的舊相簿，便可以看到牠那時的樣子。

　　那時冬冬才四、五歲，哥哥也不過六、七歲，爸媽帶着他們到空地上玩，小黑蹦蹦跳跳的跟在後面。如今小孩變成了大孩，冬冬的哥哥已經是大學生了。小黑卻變成了老黑，眼睛不好，行動緩慢，整天打瞌睡，冬天還沒有到已經覺得寒冷。

　　小黃是最近才來的，不懂規矩，時常做錯事，挨大家的罵。

　　小黃最喜歡上街，只要門一開，牠就第一時間跑到外面去了。要大家高聲喝罵，牠方肯回來。

　　冬冬每天最少帶小黃上街一次，那已成為例行公事。可是冬冬卻會帶老黑上街許多次，因為他認為老黑需要運動。

　　每次小黃都爭着一齊去，冬冬和老黑還在門裏，小黃已自己下樓，在大門前蹲着了。

　　冬冬有時也由牠去，有時卻堅持趕牠回去。

老黑病了，獸醫說：「牠太老了。」

在一個寒冷的早上，老黑停止了呼吸。

又到了黃昏帶狗兒散步的時間，冬冬把門打開。

平日，不用呼喚，小黃會來不及的抓門，門一開便一衝而出的，今天卻不見了牠。

「小黃！」冬冬呼喚。

「小黃！」冬冬再叫一聲，卻聽見沙發底下傳來嗚嗚的聲音。

「小黃，你搞什麼鬼？」

冬冬拉開沙發，見小黃伏在那裏，一臉愁苦的樣子。

「小黃，上街啦！」冬冬溫柔地說。

「嗚……嗚……」小黃不動，喉嚨裏發出像哭的聲音。

「你也知道傷心麼？」冬冬憐惜地撫摩牠，自己不覺掉下了眼淚。

小黃仰頭看見冬冬哭了，站起來伸出舌頭舔冬冬的臉。

冬冬把小黃抱在懷裏，索性嗚嗚地哭了起來。

冬冬把小黃抱到街上，才把牠放下來一同散步，他們都走得很慢，好像老黑正蹣跚*地跟他們走在一起。

*蹣跚：形容步伐不穩、歪歪斜斜的樣子。

這天是波波參加校際朗誦節比賽的大日子。

他理了一個髮，很精神的樣子。

校服整齊潔白，是媽媽加工洗熨的。

皮鞋擦得晶亮，是爸爸自告奮勇為乖兒子效勞的。

波波對一切都滿意，除了自己的肚皮。

昨天吃多了一種叫五香豆的零食，今天肚子老是嘰哩咕嚕，還不時想放屁。

這五香豆又香又糯，波波買了兩包，本來有一包是請哥哥吃的，哥哥說肚子不舒服不想吃，結果波波把兩包都吃光了。

比賽的地方在一間學校的禮堂，評判們坐在下面，比賽的隊伍要走到台上。

他們參加的是小學高年級集體詩歌朗誦，參加的隊伍很多，禮堂裏坐得滿滿的。

訓練他們的李老師裝作鎮靜的樣子，其實大家都看出她很緊張，因為她一緊張便會不停地眨眼，而今天她的眼睛比平日眨得更頻密。

一隊又一隊，上台又下台，終於輪到波波這一隊了。他們排好隊伍，魚貫地走上台去，李老師的眼睛眨得像消防車頂的閃燈。

大家站好之後，評判敲鈴，叮！可以

開始了。

　　説也奇怪，大家一開口，便不害怕了，大家誦得比平日更好。

　　波波看到李老師在台下點頭點腦的表示滿意，眼睛也不眨得那麼快了。

　　他們朗誦的詩歌共分兩節，中間有小小的停頓。

　　在第一節快誦完時，波波覺得肚皮很脹，有一股氣想衝上來，他強忍着。可是到第一節誦完，就在那小小的停頓時，他終於忍不住了。台上的小朋友都清楚地聽到「砰——　」的一聲，也不知評判聽不聽見，可是大家都知道是什麼回事。除了波波之外，大家都忍笑忍得很辛苦。

　　到大家朗誦第二段時，一股臭氣開始在台上蔓延，是一種很臭的壞蛋味。這味道實在難聞，大家不約而同地皺起了眉頭。

朗誦完畢，大家一落到台下，也不知是誰，故意用嘴發出「砵──」的一聲，引得大家笑出了眼淚，卻又不敢笑出聲音，真是辛苦。

　　宣布結果了，波波這一隊奪得亞軍，李老師很滿意。評判在評分表上特別稱讚他們説：

　　「感情投入，表情豐富。」

是你的乖孫麼？

大強和小強在公園裏打了一會兒羽毛球，坐在長椅上喝汽水休息。

一個背脊彎得像蝦米的老婆婆，在垃圾桶裏搜尋汽水罐，找到之後把它們踩扁，放在一個麻包袋裏。

垃圾桶裏的汽水罐不多，老婆婆把附近一個個垃圾桶翻遍了，總共只得七、八個。她抱着麻包袋，走到大強和小強對面的長椅上坐下，也不知是休息還是等他們手上的汽水罐。

大強和小強喝完汽水之後，把空罐拿給老婆婆。老婆婆很歡喜地説：「多謝！多謝！」

大強説：

「阿婆，這個公園的汽水罐不多，那邊有一個運動場，許多人練跑、打球，又有一個賣汽水的小食亭，垃圾桶裏空罐多得很。」

老婆婆很想到球場那邊去拾汽水罐，可是她問了老半天，也不知道應該怎樣去。

大強對小強説：

「不如我們帶她去吧！」

於是大強、小強帶領老婆婆到球場去。

老婆婆彎着背走了一段長路，氣喘得厲害，連話也説不出來。

「讓我們幫幫老婆婆吧！」小強説。

大強也説好，於是他們叫老人家坐在長椅上休息，兄弟倆一個又一個的在垃圾桶翻着。

到兩人沿運動場繞了一個圈回來時，已裝了滿滿一麻包袋的汽水罐。

老婆婆見收穫這麼豐富，十分開心，不停地説：

「麻煩你們了，多謝！多謝！」

老婆婆想自己把那隻脹鼓鼓的麻包袋拖回去。

「你怎麼拖得動呢，婆婆！」

「還是讓我們幫你吧！」

於是兄弟倆一同拖着麻包袋走在前面，老婆婆努力地一步一步跟在後面。

因為東西重了，路顯得特別長。回到原來的地方，不但老婆婆氣喘，連大強和小強也一身臭汗，襯衣都濕了。

老婆婆帶他們來到一處收空罐的地方，老闆秤了重量之後，拿了二十塊錢給她。

「是你的乖孫麼？真幫得手！」老闆説。

老婆婆沒有回答，她走進了一家士多，出來時手上拿了兩個雪糕甜筒，給大強和小強，一人一個。

爺爺的藏寶箱

波波有時叫爺爺做魔術師，因為他能夠變出許多東西來。

波波做算術，先是找不到鉛筆。

「爺爺，你有沒有鉛筆？」

「有，有。」

爺爺到房間裏轉了一圈，便拿了一枝鉛筆出來，雖然已用掉一半，卻還可以寫。

跟着波波又找不到擦紙膠。

「爺爺，你有沒有擦紙膠？」

「有，有。」

爺爺到房間轉了一圈，一小塊用過的擦紙膠又拿出來了。

也不光是波波問爺爺拿東西。有時爸爸嚷着沒有橡皮圈、萬字夾、大頭針，媽媽説找不到鈕扣、針線、藥油，波波的姐姐娟娟要公文袋、膠水、顏色水筆，爺爺也只要到房間裏摸索一會兒，想要的東西就會拿出來。

其實大家有時也認得，爺爺拿出來的東西都是一些舊物件。波波在擦紙膠上看見有自己的名字，姐姐要的公文袋是她上個月丟進廢紙簍的東西。

大家也知道爺爺有兩個裝雜物的大抽屜，這些東西多半是從裏面拿出來的。不過爺爺不許別人動他這兩個「藏寶箱」，

他說裏面有許多秘密。

　　不過爺爺已經很老了，終於有一天他離開了這個世界，大家傷心了好些日子。

　　爸爸開始收拾爺爺的房間。

　　這天爸爸叫齊了媽媽、娟娟、波波到爺爺的房間裏去，爸爸拉開了爺爺那兩個「藏寶箱」。

　　大家可以清清楚楚地看到，抽屜裏面是十分的整齊。

　　有長長的盒子，裝着長長短短的鉛筆、原子筆、毛筆、畫筆、箱頭筆，有一個個的紙盒，分別裝着橡皮圈、擦紙膠、萬字夾、大頭針、舊錢幣，一條條的鞋帶，不同顏色、形狀、大小的鈕扣，一疊疊的空白紙張，一個個用過的公文袋，還有許多意想不到的、似曾相識卻又陌生的東西。

　　大家靜默着，想着爺爺是怎樣從桌邊、地上、牆角落、廢紙簍，收集了這些沒有人要的「廢物」，然後在有誰需要時，像變魔術似的把東西變出來。

　　「爺爺這兩個抽屜很有用，我想把它們照老樣子保留下來。誰願意代替爺爺的工作，看管這兩個抽屜？」

　　「我。」波波舉手說。想起了爺爺，他的眼淚又來了。

前幾天老師講了一個張良的故事，説他少年時某一天經過一道破橋，橋上坐着個老人。也不知是不小心還是故意，老人的一隻鞋子掉到橋下。

「年青人，請你替我把鞋子拾上來。」

張良聽話地把鞋子拾了上來。

「年青人，請你替我把鞋穿上。」

張良雖然不大願意，還是替他把鞋套上。

後來老人送他一部兵書，張良熟讀之後，成為漢朝的名將。

李志超聽了這個故事之後，也希望碰上一個這樣的老人。

他的機會來了。

街邊長凳上坐着一個長髮長鬚的老人，衣服襤褸，滿身骯髒，眼睛卻晶亮有神。李志超經過他身旁時，忽然聽見他説：

「小朋友，我的帽子被風吹走了。」

「在哪裏？」

老人伸手一指，李志超見附近草叢中有破帽一頂，便走過去為他拾回。

「小朋友，請你幫我戴在頭上。」

多熟悉的語氣！李志超記起了張良的故事，心兒怦怦跳，小心地替他把帽子戴好。

可是老人戴好帽子後再沒有説什麼。志超等了一會兒忍不住問：

「請問老公公，明天早上我要不要來見你？」

老人看他一眼點頭説：

「要的，要的。」

第二天志超特地早起，上學之前去見老人。老人坐在長凳上打盹。

志超把老人叫醒，老人望望他又把眼睛閉上。

「對不起，我遲了。明天早上我一定早到！」志超抱歉地説。

志超第二天去得更早，老人在長凳上蒙頭大睡。

志超一連去了三天，知道老人是一個露宿者，自己根本無法比他更早。

「老公公，你是不是準備送我一部兵書或者秘笈*？」志超忍不住了，索性向他問個清楚。

「書？有、有、有！」

一面説一面解開一個包袱，志超興奮得臉也紅了。

包袱解開，裏面果然有一本大書。志超認得：那是一本被人丟棄的舊電話簿。

*笈：粵音給。

嫲嫲有個外號叫緊張師太。

只要健仔比平常遲了十分鐘還不放學回家，嫲嫲就不停地問：

「健仔為什麼還不回來？」

如果健仔比平常遲了二十分鐘還不回家，她就一會兒開門，一會兒關門，又催健仔的媽媽打電話到學校去問。

學校說：「早放學了！」

嫲嫲就嚷着要親自去找尋。

嫲嫲還有一個奇怪脾氣，就是要等全家人都回來之後，她才回房睡覺。有時健仔的爸媽去參加一些喜宴，回來比較晚，她就坐在露台的藤椅上，眼睛望着下面的街道，一直坐到他們回來為止。

大家對於嫲嫲的緊張，都感到一種壓力，尤其是健仔，每逢嫲嫲有什麼緊張表現，他就會歎一口氣說：

「唉，嫲嫲，你真使人吃不消啊！」

那天健仔陪嫲嫲去探望一個生病的親戚，要坐地鐵再轉巴士，嫲嫲不慣坐地鐵，爸爸沒有時間陪她，只得叫健仔跟她一同去。

他們順利地乘搭了地鐵，卻在轉巴士時出了問題。健仔先上車，嫲嫲上車時掉了一隻鞋，到她拾回鞋子時，巴士已經開走了。

健仔在巴士上坐了一個站，便下車往回跑，這個站很長，跑得他上氣不接下氣。

　　到了巴士站，不見嫲嫲，卻看見一輛救護車正開走，那嗚嗚的聲音使健仔的心揪緊了。

　　嫲嫲到哪裏去了？

　　健仔緊張地問巴士站上等車的人：

　　「你們剛才見到一位婆婆在這裏等車嗎？」

　　那些人冷淡地搖搖頭。

　　「有沒有一位阿婆被送上救護車？」

　　「不知道！」人們不耐煩地回答。

　　嫲嫲到哪裏去了？是不是發生意外了？她這麼老，是很危險的！健仔鼻子一酸，忍不住嗚嗚地哭出聲音來，引得等車的人奇怪地看他。

　　「健仔，你哭什麼？」嫲嫲忽然出現了。

　　「嫲嫲，你到哪裏去了？」

　　「我到那間店舖裏借電話打，想不到你這麼緊張！還說我是緊張大師呢，你自己就是個小緊張大師！」

　　「這都是你的遺傳嘛！」健仔破涕為笑說。

從前有一窩老鼠，跟別的老鼠不同，是一窩善良的老鼠。

他們不咬破人家的衣服，不偷吃人家的食物，只是在更深人靜的時候，到垃圾堆裏找點吃的。

可是人們對老鼠很有偏見，不論你是好老鼠還是壞老鼠，只要是老鼠，一律照打。

有一晚，好老鼠家族中最小的成員吱吱，在垃圾桶裏找東西吃的時候，被人家發現了，立刻展開了圍捕，掃把、木棍、地拖都出動了，不是吱吱走得快，早被他們打死了。

吱吱驚魂初定，不禁傷心起來，躲在洞裏一角，哀哀的哭起來。

吱吱的母親，問他為什麼哭？吱吱說：

「為什麼我們一生下來便是老鼠呢？永遠被人討厭，被人追捕，一生沒有安心的日子過。」

「這是因為我們的同類，的確做了許多壞事，難怪人類討厭我們。」吱吱的媽媽說。

「那麼我們不是很冤枉嗎？」吱吱說。

「我相信至少有上帝知道我們是清白的。」

「如果我們死了，也可以上天堂嗎？」

吱吱問。

「可以的，一定可以的。」媽媽説。

「聽説那些人類的乖孩子，離開這個世界之後，背上會長出翅膀來，人們叫他們天使。我們老鼠也有機會做天使嗎？」

「可以的，一定可以的。」媽媽説。

「客廳上掛了一幅油畫，上面畫的是人類的天使在半空飛翔，他們都有一對美麗的翅膀，老鼠天使會不會也是這樣？」

「是的，也是這樣。」

「我們能看見他們麼？」

「説不定能看見的。」媽媽説。

「媽媽，你看見過沒有？」

「我……我還不曾看見過呢！」

一個月色很好的夜裏，吱吱到屋子外面的田裏找吃，忽然回家興奮地對母親説：

「媽媽，我看到天使了，是老鼠天使，他們都長着翅膀！」

媽媽陪吱吱再到屋外去看，但見半空中幾隻蝙蝠在飛，他們的確是有翅膀的老鼠。

不打緊的東西

行李過重了，這是在家裏便知道的事。不過有時碰上仁慈的航空公司職員，會免加運費，照樣放行。

翠翠希望碰見這樣一位職員，不過她的運氣不大好。板着臉的小姐，斜眼看着電子磅秤上閃跳着的紅字説：「過重了，要加五百塊錢。」

來送機的父親對小姐説了幾句好話，小姐無動於中。

小姐的臉色傳染到父親臉上，他對翠翠説：「早叫你把那些不打緊的東西拿出來，無端要多花五百塊錢，不上算*嘛！」

翠翠一聲不響的把最重那隻箱子從磅秤上拉下來。她把箱子推往一角，開始從裏面把東西拿出來。

她拿出了幾本小説，她拿出了幾包零食，她拿出了一對新球鞋，她拿出了幾件衣服……父親打開預先帶來的紅藍間條的膠袋幫她把東西裝起來。

「這是什麼？」父親一眼瞥見箱子的一角有一塊很大的扁平的卵石。「它起碼有一磅重，有什麼好帶的？到了那邊，這樣的石頭多的是。」

---

*不上算：不合算，不便宜。

父親伸手把那塊平平無奇的石頭拿出來，卻被翠翠一手奪回去，又放進箱子裏。就在那短短的一秒裏，她記起那人兒涉水從山澗裏撈起這塊石頭送她，記起了那柔軟的嘴唇帶給她的心跳。

情人節的晚上，尖東海旁。

她帶來的十二打玫瑰，一枝一枝的賣掉，最後剩下了十枝。

這晚上天氣不冷，可是午夜過後，海上的風還是帶來寒意。

晚飯沒來得及好好吃，只是用滾水泡了個即食麵，肚子已咕咕的響了好幾回。

最疲倦的還是兩隻腳，算起來從七點鐘到現在，差不多六個小時了，就在這海旁走過來又走過去。

「先生，買花嗎？」説了無數遍，笑容也像手上賣剩的花，漸漸顯得憔悴了。

一隻兒時的歌，在腦海中驅之不去：

「小小姑娘，清早起牀，拿着花籃，上市場。穿過大街，走過小巷，賣花賣花，聲聲唱。花兒真美，花兒真香，沒有人買，怎麼樣？……」

買的人不算少了，一百多對情侶，從她手上取得一朵愛的象徵。可是，這最後的十朵怕賣不掉了。夜已深，人漸疏，那還捨不得離去的也已手上有花。

「小妹妹，你這花是賣的嗎？」一個低沉的男音來自身畔。

她一抬頭，接觸到的是一對深邃的眸子，奇怪的是他身旁並沒有伴着一個女子。

他十朵花一齊要了，請她用絲帶扎在一起，付款之後，他說：「像你這樣的乖女孩，今晚怎可以沒有人送花？」

他把那束花雙手送到她手裏，大踏步的匆匆而去。

留下她呆呆的站在那裏，兩眼不覺濕了。

生日

方老師獨自一人過生日，今年還是第一次，這皆因方師母去了澳洲探望兒子和新添的小孫。

他沒有刻薄自己，為自己煮了紅燒肉，清炒豆苗，還斬了一邊燒鵝髀。把瓶裏喝剩的小半杯白蘭地喝了，意猶未盡，卻又懶得開一瓶新的。吃飽了不願動，坐到藤椅上去看電視。

「人生七十古來稀。」一句老話來到他嘴邊，由「稀」字又連上了另一句老話：「門前冷落車馬稀。」雖然自己一向甘於淡泊，但七十大壽而冷落至此，仍然有種悲涼之感。

電視新聞沒有好消息，他漸漸朦朧睡去，直至被連續的門鈴聲吵醒。從窺鏡望出去，見是舊學生陳敏儀，她就住在隔壁。

方老師把門打開，一下子湧進來五個人。帶頭的陳敏儀手上捧着一盒蛋糕，另外四個，有的拿花，有的拿酒，有的拿糖，有的拿水果，一字排開，唱起生日歌來。

方老師疑真疑幻，終於弄清楚不是做夢，而是陳敏儀偶然記起了他的生日——與元宵節同一天，又見他一人在家，便臨時約了幾個同學，在她家裏集合，齊來向老師拜壽。

　　方老師把剛才懶得開的一瓶酒開了，每人斟了一小杯，找了些薯片、花生送酒，把往事笑談一番。其中一位同學還帶來了當年方老師誦詩的錄音帶，一把熟悉又親切的聲音唸道：

　　「對酒當歌，人生幾何*！譬如朝露，去日苦多*……。」

　　記得當年同學們曾為方老師吟詠的調子而忍笑，如今大家卻一同背下去：

　　「明明如月，何時可掇*？憂從中來，不可斷絕……。」

　　一輪十五的月亮正走到窗前。

---

* 對酒當歌，人生幾何：美酒當前，應該放聲高歌，因為人生太短暫了。出自三國時期曹操的《短歌行》。

* 去日苦多：因為逝去的日子太多而感到痛苦。

* 掇：採摘。粵音啜。

「等一等！」阿強向電梯衝過去。

可是電梯門就在他面前關上。那代表第幾層樓的綠色數字，二、四、六、八……輪流地亮起來，電梯開上去了。

「死小娟！壞小娟！」氣得阿強猛跺腳。剛才電梯門未關時，他看到裏面有個穿粉紅色運動衣的女孩子，正是住在他家對門的小娟。小娟明明也看到了他，可是偏偏不等他，把電梯開上去了，真可惡！

「這叫做冤冤相報何時了！」笑吟吟地説着的是看更的何伯。這些孩子們互相鬥氣的情形他看得多了。

阿強無可奈何地大力撳那電梯按鈕，好像這樣就可以快一點把電梯降下來似的。

「你別急！小娟很快又會下來的。」何伯説。

「為什麼？」阿強不信，卻見那電梯一升到十八樓，又立即一層層地往下降。終於到了下面，門一打開，走出來的可不是小娟嗎？她向瞪眼看她的阿強做了個藐視的鬼臉，便衝向那排信箱。這時阿強看到，小娟家的信箱上正掛一串鎖匙，是小娟剛才取信後忘記拿走的。何伯早已發覺了，所以知道她又會下來。

「該死！想不等我，結果還是要等

我！」阿強正想搶進電梯，來一次大報復的時候，電梯門卻已經自動關上，大概上面有人按鈕要乘電梯吧。

「好呀！」小娟冷笑説：「這次看是誰該死了！」

「你該死！」

「你該死！」

兩人你一句我一句的罵了起來。

「別吵了！別吵了！趁電梯未下來，我出個謎語你們猜猜，看是誰聰明，好不好？」何伯來做和事老了。

「當然是我聰明！」阿強用大拇指指指自己的鼻子。

「你 IQ 零蛋！」小娟説。

於是何伯出了一個謎語：

四四方方一個籠，上上落落似吊桶；

只要你往籠裏站，免你爬梯真輕鬆。

何伯還沒有説明要猜哪一類物件，兩個孩子已經同時説出了答案：

「電梯！」

何伯説：「好呀！真聰明！再給你們猜一個，聽清楚呀！」

何伯的第二個謎語是：

四四方方，門前站崗；

嘴兒扁扁，肚皮透光；

親友消息，替你收藏。

兩個孩子不約而同地向那排信箱瞟了一眼，又是同時叫出了答案。

　　「哈，你們真聰明！電梯到啦，快進去吧！」何伯提醒他們。

　　「我們還沒有分勝負呢！何伯，你再出一個！」小娟説。

　　「要出一個難猜的，越難越好！」阿強説。

　　「唔，看你們！電梯又上去啦！」於是何伯又出了一個，是猜一樣東西的：

在娘家青枝綠葉，

到婆家面黃肌瘦，

不提起倒也罷了，

一提起淚灑江河。

這次可把兩個孩子難住了，他們胡亂猜了幾樣都不對，終於一同乘電梯回去了。

阿強回到家裏，猜來猜去猜不到，只好向爺爺求救。爺爺説這是老謎語了，一口就説出了答案。阿強出門想到樓下告訴何伯，卻見電梯門又剛剛關上，裏面依稀有個穿粉紅色衣服的，很可能又是小娟。

「不行！不能讓她先到！」於是阿強由樓梯飛奔下去。跑了兩層，見電梯正停着載人，阿強一跳就跳了進去，小娟果然已經在裏面。

「何伯，我猜到了！」一出電梯兩人就爭着嚷起來。

「好好好！你們誰先講？」

「我先講！」阿強説。

「我先講！」小娟説。

「不要爭了，阿強站在這邊，告訴我的左耳；小娟站在這邊，告訴我的右耳。我喊一、二、三，你們就一齊講！」

「一、二、三！」何伯發出了命令。

「竹篙！」兩人一同説出了答案。

「唔，對啦！是撐船的竹篙。你們倒説説看，為什麼是竹篙？」何伯大概不相信是他們自己猜出來的，還要再考考他們。

「竹樹在竹林裏，有枝有葉，青青綠綠；割下來做竹篙，枝葉都被削掉，身體變成黃色，而且收縮，便變得面黃肌瘦了。」阿強把爺爺的解釋照搬了出來。

「用竹篙撐船的時候，撐完一篙，就要把它從水裏提起，準備再撐第二篙。這時候篙上的水一滴滴流下來，所以說一提起它就淚灑江河。」小娟一面說一面慶幸剛才祖母解釋得那麼詳細，否則就要輸給阿強了。

何伯從他小房間的一個抽屜裏拿出了一盒果汁軟糖，請阿強吃一粒，小娟吃一粒，他自己也吃一粒，微微笑着說：

「你們都解釋得很好，你們見過人家用竹篙撐船嗎？」

阿強和小娟搖搖頭。

「我年青時在鄉下就用竹篙撐過船。我們鄉間有很多小河，小河還可通大河，差不多家家都有一條船，到城裏運貨、做買賣，都是撐着船去的。」何伯回憶着說。

「你鄉下還有親人嗎？」小娟問。

「有！怎麼沒有！我老婆啦，兒女啦，連孫子都有啦！說起我那老婆，捱的苦可真多，十四歲就嫁到我家，偏偏我媽不喜歡她，天天不是打就是罵，本來紅紅白白的一個女孩兒，不到一年就捱得面黃肌瘦的，時常一個人躲在房裏哭。唉，她那條命真像剛才說的竹篙一樣！她幫我生了六個兒女，養活了四個，長年辛勞，真是一天快活日子也沒有過過。所以，她看上去比我老得多。」何伯一面說一面在抽屜裏翻照片，拿了一張「全家福」給兩個孩子看：

「這是五年前我回家鄉時照的，那時我的兩個孫子還沒出世呢。」

小娟見照片上和何伯並排坐的女人果然比何伯還老。何伯已經禿頂，她的頭髮比何伯還要少。

「你為什麼不申請她來香港？」阿強問。

「她不肯來呀！她説要留在鄉下照料孩子。現在有了孫兒，那就更有得她忙的了。」何伯解釋説，像是怕孩子們怪他不接妻子過來。

「那麼你多點回去看他們嘛！」小娟説。

「是呀！要多點回去看他們呀！可是不容易請假呢！我真想回去抱抱兩個小孫孫呢！」何伯倒像一下子被兩個孩子説得心動了。

第二天，阿強正在何伯房間裏看他的集郵簿，小娟卻乘電梯下來了。她望一望信箱有沒有信，對何伯説：

「我嫲嫲剛才出了一個謎語給我猜，我猜了老半天才猜到，你想不想猜？」

「好呀，你説出來，讓我和阿強一同猜。」

「阿強猜不到的。」小娟説。

「我猜不到你也猜不到，一定是你嫲嫲把答案告訴你的。」阿強這一次倒猜得很準，因為的確是她的祖母自己把答案説出來的。那謎語是這樣的：

粉蝶兒分飛，

怨郎君心去已難回；

恨當年人兒不在，

歎陽春一去易逝！

小娟説謎底是一個字，這個字並不深，連阿強也一定認識。阿強對這四句又像詩又不是詩的東西，半懂半不懂的，簡直無從猜起。他心裏想：「小娟她真的猜到？殺了我的頭也不相信！」

　　可是何伯笑吟吟的説：

　　「是不是『鄰居』的『鄰』字？」

　　小娟拍手説：「猜中啦！何伯真聰明！」

　　「不是我聰明，」何伯解釋道：「只不過這條謎語是給我們成年人猜的，小孩子不容易想得出。」

　　何伯看到阿強臉上的神色，知道他不明白為什麼謎底是「鄰」字，卻又不想開口問，便解釋道：

　　「第一句『粉』字的『分』字飛掉了，剩下一個『米』字；第二句『怨』字的『心』去了，『已』又『難回』……」

　　「剩下一個『夕』字。」小強插口説。

　　「對了！」何伯説，「第三句説『人兒不在』，哪一個字有個『人』字？」

　　「『年』字的頂上有個『人』字。」小強倒是眼尖。

　　「唔，對了，於是『年』字剩下了半截。第四句呢？」

　　阿強想了一想説：「我猜是『陽』字右邊的『一』和『易』都去掉了，就剩下一隻耳朵！」

　　「很聰明呀！」何伯稱讚説，「你把這些剩下來的米呀、耳朵呀什麼的，合併起來，不就是一個『鄰』字嘛？」

　　阿強見何伯稱讚自己，喜得眉開眼笑的，問何伯借一枝筆，要把這個謎語記下來。

　　「何伯，你小時候沒有電視機，沒有遊戲機、電腦、

模型，是不是時常猜謎語解悶？」小娟問。

「我們在鄉下玩的東西可多呢！釣魚啦，摸蟹啦，捉金絲貓*啦，鬥蟋蟀啦，偷番薯、偷荔枝啦！」

「你們偷東西不怕警察捉嗎？」小娟問。

「鄉下哪有警察？小孩子們鬧着玩，又偷得多少？而且我們其實是自己偷自己，今天阿甲叫大家去偷他家的黃皮，明天阿乙叫我們去偷他家的番石榴，被大人發覺了也不過罵一頓，沒有什麼大不了的！不過現在你們在城裏可

* 金絲貓：一種蜘蛛，又叫「豹虎」，好勇鬥狠，擅長跳躍及捕捉獵物，但不會結網，而是吐出少量的絲，把兩塊樹葉黏合起來當住所。如果兩隻金絲貓相遇，牠們會打鬥起來。

不同呀！誰偷東西我何伯就要報警拉人啦！」

「何伯，你現在還跟童年時的小朋友來往嗎？」阿強問，他早已把謎語抄好了。

何伯說：

「自小在一起，目前少聯繫。這又是一個謎語，猜一個字，你們倒想想看。」

阿強和小娟想了好一會兒想不到，沒耐心了，就要何伯開謎。何伯說：

「你們試把『自』字和『小』字連在一起，看是什麼字？」

阿強試寫了一下說：「沒有這樣的一個字呀！」

何伯說：「你要先寫『小』，然後寫『自』，認識了嗎？」

阿強恍然大悟地說：「啊，原來是個『省』字，我真蠢！」

小娟帶笑地瞟他一眼說：「你現在才知道？」又問何伯說：「那麼第二句呢？」

何伯說：「把『少』字放在『目』字前面，那是什麼字？」

「也是『省』字呀！」小娟敲敲自己的頭說：「我真蠢！」

「你也現在才知道呀！」阿強說。

「一個人知道自己蠢，就會謙虛一些；太喜歡表露自己的聰明，就會遭人妒忌。你們看過《三國演義》嗎？裏面有個楊修，就是因為太聰明，被曹操殺了。」何伯說。

兩個孩子都說沒有看過《三國演義》，要何伯講楊修

的故事。

於是何伯講曹操在門上寫個「活」字，楊修猜到曹操是想把門擴闊，因為「門」字加「活」字，正是「闊」字；又講有一次曹操和楊修一同騎着馬猜謎，楊修先猜到了，曹操卻要再騎三十里才想到。一次又一次，楊修都表現得比曹操聰明。楊修是曹操的下屬，曹操很妒忌他，終於找了一個藉口，把他殺了！

「這可是曹操不對了！把聰明人都殺掉，誰幫他治理國家呢？」小娟説。

「曹操已經是一個雄才大略的人了，還不免如此。我們中國歷史上，這種忌才的皇帝和官兒可多呢！他們總是要把有才能、有學識、有智慧的人殺掉，大概他們認為這樣，便可以安安穩穩做他的皇帝和大官吧！可憐我們中國出色的人物，因此不知損失了多少！」何伯説得很心痛，阿強和小娟也不禁對那些壞皇帝、壞大官憎恨起來。

阿強第二天就從圖書館借了本《三國演義》從頭看。何伯又説《鏡花緣》這本小説很有趣，而且上面有不少謎語，於是小娟也從爸爸的書櫃裏找到這本書，津津有味地看起來。

有一天小娟問何伯：「我們可以自己作謎語嗎？」

何伯説：「當然可以！那電梯和信箱的謎語，就是我臨時作了給你們猜的。」

於是小娟和阿強又一同學着作起謎語來，起初作得不好，漸漸何伯也表示欣賞了，他説：「唔，有點味道啦！」

其中小娟自己最喜歡的一個是：

一物真奇怪，有頭三十個，

有的街上走，有的家裏坐。

答案是「人」。人怎麼會有三十個頭呢？小娟是這樣算出來的：

真正的頭一個，額頭一個，眉頭兩個，鼻頭一個，舌頭一個，肩頭兩個，膝頭兩個，手指頭十個，腳趾頭十個，一共三十個。

小強對這個謎語卻不大欣賞，他說：

「三十這數目不準，起碼還有骨頭未算在內，光是骨頭就不止三十個了！」

小強認為自己作的一個謎語要好得多：

爸爸有，媽媽沒有；

叔叔有，弟弟沒有；

大貓有，小貓也有。

謎底是「鬍子」。可是小娟故意這麼說：

「誰說弟弟沒有？弟弟長大了，也一樣有鬍子！」

那天阿強和小娟碰巧一齊放學回家，小房間裏何伯笑吟吟的叫住了他們，又拿出糖來請他們吃。

「有一個消息告訴你們。」何伯說。

「是好消息嗎？」小娟問。

「是我自己的好消息。」

「加薪？」阿強猜。

「給一個字你們猜一猜，猜到了你們就知道是什麼消息了。」

何伯的謎語很有趣：

嘴比嘴大，嘴比嘴小，

嘴被嘴吃，嘴被嘴咬。

結果阿強猜到是一個「回」字。

「你要回家鄉去？」小娟問。

何伯歡歡喜喜的連連點頭，他說：

「我找到一位同鄉替我一個月工作，下個月一號我就要回去了。」

「啊，沒有人跟我們猜謎語了！」小娟有點失望地說。

「我那同鄉是個謎語大王，他的謎語比我要多得多呢！」何伯說。

「好呀！」兩個小孩又歡喜得拍起手來。

「何伯，你這次回去還撐船、釣魚、摸蟹、捉金絲貓嗎？」阿強問。

「還和那些小朋友去……去偷番薯嗎？」小娟問。

「小朋友都變成老頭子啦！怕沒有興趣玩這些了。番薯家裏有的是，不過一定沒有偷回來的好吃。你們想吃什麼東西嗎？讓我帶點回來請你們吃吧。」

阿強和小娟不知道何伯鄉下有什麼好吃的，何伯卻記起來了。他說：

「我們鄉下有一樣東西很好吃，雖然香港也有得賣，可是味道卻是我們鄉下最好。」

「是什麼？是什麼？」兩個孩子在吞唾沫了。

何伯說：「先給個謎語你們猜一猜，猜到有得吃，猜不到別想吃！」

何伯的謎語不難：

比膠水還黏，比蜜糖還甜，

吃的方法很特別，一雙筷子最方便。

兩個孩子差不多同時猜到是麥芽糖。何伯答應送他們一人一罐。

於是孩子們有了雙重的盼望，盼望那代替何伯的「謎語大王」，盼望一個月後何伯帶回來的、香港買不到的、世界上最好吃的麥芽糖！

志達陪媽媽到超級市場去買東西。媽媽從貨架上挑選要買的物品，志達推着市場裏的四輪車跟在後面。

這間超級市場正在大減價，很多貨物都比平日便宜。媽媽買了兩袋米，一罐油，一罐洗潔精，一包砂糖，還有好些罐頭。

經過冷藏櫃的時候，志達要求媽媽買一種雪糕。這是一種圓罐的高級雪糕，志達曾經在同學家裏吃過，覺得比普通的雪糕香滑，又摻了一些味道特別的材料，吃起來不像普通雪糕那麼單調。志達是一試難忘，曾經在媽媽面前提過幾次。今天剛好見到，志達當然不肯錯過機會。

媽媽看一看圓罐雪糕上的價錢牌，眉頭一皺說：「這麼貴，不買！」

志達很失望，覺得媽媽很吝嗇，把錢看得太重要，使他掃興。他曾經去過兩個同學家裏，一個是張小明，他媽媽又是糖果、又是蛋糕、又是雪糕，招呼個不停。另一個是何偉雄，他家裏玩的東西真多，單車、遊戲機、模型車，還有電腦，都是偉雄的媽媽買的。因為他爸爸經常在外地做生意，買什麼都是媽媽拿主意。

這時志達見到一種紙盒裝的汽水，學校的小食部每包要賣一元八角，這間超級

市場才賣一塊錢一包，真是便宜，便對媽媽説：

「這裏的紙包汽水真便宜，多買幾包回去吧。」

媽媽又是皺一皺眉頭説：「多買多喝，汽水喝得多，沒有好處。」

媽媽一面説一面向出口的地方走去。志達很不高興，他嘟着嘴説：

「貴的不買，便宜的又不買，早知道不跟你來！」

志達的聲音雖然不大，媽媽還是聽見了，罵他説：「這些米呀，罐頭呀，你沒有份兒吃麼？小孩子不知道節省，又想買這樣，又想買那樣，真不懂事！」

媽媽的聲音相當大，使另外一些顧客和收銀機旁邊的女職員，都望着志達。

志達氣得臉都紅了，把車推到收銀處，人便負氣*地往外走。

媽媽起初沒有留意，等女職員算好了賬，付了錢，把東西分別裝在膠袋裏以後，才發覺志達已經不在。

米、油、糖和罐頭重量都不輕，媽媽起初還拿得動，走出超級市場幾十步便覺得吃力，要把東西放下來休息。她心裏生志達的氣，眼睛向前望，看他在不在，可是連影子也不見。

其實這時志達在母親後面，他走出超級市場之後，躲在附近，等母親出來。當他看見母親兩隻手都拿着許多東西，吃力地走出來時，心裏有一種報復的愉快：

---

*負氣：賭氣，意氣用事。

「哼，誰叫你不肯買東西，還要罵人！」

後來他見媽媽拿不動，把東西放下來休息，又覺得自己有點不對，想走上前去幫着拿一些。可是他怕自己一出現，媽媽又會罵他，大街大巷的，多難為情。

正在遲疑的時候，媽媽又把東西拿起，繼續向前走了。志達也保持一定的距離，跟在後面。

媽媽要過馬路了，她站在路邊，等指示行人過馬路的「紅公仔」變「綠公仔」。志達怕媽媽發現他，不敢跟媽媽一同過馬路。這時想過馬路的人越來越多，兩邊都聚了一大羣。終於燈的顏色轉了，兩邊的汽車停了，媽媽隨着人羣走到對面去。

志達在馬路這邊看着媽媽，他見媽媽走得很慢，大概是手上的東西太重，體積又大，使她走起來不方便。一些跟在媽媽後面的行人，嫌媽媽擋路，都從旁邊越過她。

「綠公仔」開始一閃一閃的，媽媽才過了大半條馬路。這時迎面一個小伙子趕急越過馬路，一不小心碰到媽媽的一隻手，媽媽手一鬆，裝罐頭的膠袋落地，幾個罐頭滾到馬路上。那小伙子說了一句什麼，志達聽不見，大概是「對不起」吧，就匆匆的走掉了。這時「綠公仔」又轉做「紅公仔」，媽媽狼狽地在馬路當中拾取她的罐頭。一部大貨車的司機同情地等媽媽把所有的罐頭放回袋裏。貨車後面的幾部汽車不知道前面發生了什麼事，呱呱地響起喇叭來。

志達這時很想過去幫媽媽的忙，可是這邊的汽車連續不斷的飛駛過去，使他沒法走到那邊馬路去，只在這邊乾着急。

到燈號轉了，兩邊的汽車又再停下來時，媽媽已經安全過了馬路，走前幾十步了。志達匆匆地跑過去，快到媽媽身邊時，他的腳步又慢下來了。他想：「媽媽剛才過馬路過得這麼辛苦，心裏一定更加惱我了。我這時才出現，還不被她痛罵一頓？」

這使志達覺得自己走也不是，跟也不是，倒是寧願讓母親發現自己還好。

其實母親已經發現志達跟在後面，那是因為志達打了一個噴嚏，聲音雖然很小，卻瞞不過媽媽的耳朵。

媽媽心裏的確很惱志達，故意裝作不知道他跟在後面。她再一次把東西放下來休息時，斜眼一瞥，果然見到志達的身影，便不再向後看。

迎面來了一個女人和兩個孩子，女人手上拿了一個大袋，兩個孩子都比志達小，各自拿了一個小袋。大概裝的是一些家庭手工業的產品，拿去交貨的。他們來到志達母親身邊，也把東西放下來休息。

志達的母親拍拍其中那個胖胖的小男孩的腦袋説：

「你們真乖，這麼小就幫媽媽做事！」

那女人見人家誇獎自己的孩子，顯得很開心，説道：

「他們兩個真的很乖，什麼事都肯幫我做。雖然為他們捱得很辛苦，也是值得的。」

媽媽友善地跟那兩個小孩説再見之後，又拿起東西來繼續向前走了。志達心裏有點慚愧，覺得自己連那兩個小孩也不如，真是羞恥。正想硬着頭皮去幫媽媽拿東西時，卻見附近大廈看更的林伯又迎面走來。

「陳師奶，買這麼多東西呀！」林伯的喉嚨總是這麼粗，這麼中氣十足。

志達心中暗叫不妙，因為林伯是認識自己的。果然，林伯的聲音更大了：

「你拿這許多東西，為什麼不叫志達幫着拿一點？小孩子不要太縱！」

「他發我的脾氣呢！又要買雪糕，又要買汽水，我不買，他就不幫我拿東西，你説這樣的孩子⋯⋯」媽媽大概憋了一肚子的氣，遇見熟人，忍不住要發洩一下。

「志達，這就是你的不對了！……」林伯不客氣地對媽媽身後的志達怪責起來，引得一些路人都停下來看他們。

志達連耳朵也羞得紅了，他想：「就算我不對，也不該對着全世界的人罵我！」心中一氣，沒等林伯說完，拔腳就跑。

走到自己樓下，才記得家中沒人，要等母親回來，才有鑰匙開門。他便悶悶地坐在大門前的階級上。

志達很不開心，回想剛才的情形，其實自己有好幾次是想走上去幫媽媽的，不是被紅燈阻誤了，便是自己一時猶豫不決，結果事情越弄越糟。

這時他看見媽媽拿着四大袋東西走回來了，她蹣跚地移動着腳步，努力地前進着。志達還見到她鐵青着臉，緊皺着眉頭，很氣惱的樣子。

志達的心裏是想跑過去接應媽媽的，可是他害怕媽媽會罵他說：

「都來到門口了，誰還要你幫！」離地的屁股，又再坐了下去。

他眼睛盯着媽媽，媽媽艱難地邁出的每一步，都使他心疼。可是倔強的性格，使他的屁股黏在地上。

媽媽終於來到門口，把東西放下來喘氣。志達偷眼看她，見媽媽額上滿是亮晶晶的汗珠，卻故意不看志達，像是當他不存在似的。

這座房子樓高七層，沒有電梯，志達家住五樓，要把這許多東西搬上去，是十分吃力的事。可是媽媽不求志達，看來她準備休息一下之後，咬一咬牙，自己搬上去。

這時六樓一位姓張的哥哥剛從外面回來，見他們母子倆對着四大袋東西，便說：

「陳太太，讓我幫你拿兩包。」

還沒等志達的母親推辭，便一手拿起一包米，把兩包白米拿上樓去了。

志達的心裏湧上一陣羞愧，仰臉看媽媽時，見兩行眼淚掛在母親臉上。母親用手把它抹了，卻又再簌簌的流出來。後來她終於忍不住嗚咽地說了：

「偏偏人家的孩子是這麼的乖！」

志達一陣心酸，眼前一片模糊，他的眼淚也冒出來了。他用袖子一抹，霍地站起身，把地上的東西，一手一袋，拿着衝到樓上去了。

忘記寄出的信

張志穎的家就在郵局旁邊。因此，他買郵票方便，寄信也方便。有什麼新郵票發行，同學們常託他買首日封，他也很樂意幫忙。

有一天，志穎放學後到表弟家裏玩電腦。玩完回家時，姑丈對他説：

「志穎，你幫我做一件事：你回去時經過郵局，替我把這封信寄了。裏面是一份材料，一位老人家等着要的。」

志穎把信放進書包，便回家了。

路上看見一宗電單車和公共小型巴士相撞的意外，雖然沒有傷人，兩個司機卻吵得面紅耳赤。志穎免不了看了一會兒熱鬧。

剛走進他住的那條街，便聽見小狗多多的叫聲。一抬頭，見牠在露台上站高了身子，正使勁地搖着尾巴，從欄杆的空格中向下望。大概牠在那裏等志穎回來，已等了好一會兒了。

志穎三腳兩步的衝上樓去，一下子就把姑丈託他寄信的事忘記了。

第二天是星期六，短周不用上課，志穎不免多睡一會兒。起身之後，帶多多到附近逛了一會兒。回到家裏便接到同學李文達的電話，約他到泳池游水，同去的還

有敏芝、翠麗、德光幾個，下午兩點鐘在泳池入口處集合。

　　游泳是志穎最喜歡的活動，可是他今年還沒有下過水，因此他一口答應了。放下電話便翻箱倒篋的找泳褲。

　　媽媽見他把東西都翻亂了，便説：

　　「看你有得玩便緊張！泳褲讓我來找，你去做功課吧！一會兒游泳回來，你又疲倦得不想做了。」

　　雖然志穎心裏想：「功課明天做也不遲！」可是既然要麻煩媽媽找泳褲，便順她的意，拿點功課出來做吧。

　　一打開書包，志穎便看見那封他完全忘記了的信，頓時呆了。

　　「裏面是一份材料，一位老人家等着要的。」他記起了姑丈的話。

他看看信封，上面寫着：

新界　元朗
山邊圍六號
馮守慧先生啟

下面是姑丈的地址，右上角端端正正的貼好了郵票。

志穎抓起信來便急急的往樓下走，他要爭取時間把這封信寄出去。

他一面走一面想：「今天趕不及郵局派信了，明天又是星期天，這封信最快也得星期一才到。姑丈說老人家等着要材料，我卻耽誤了他兩天，怎麼辦呢？」

他拿着信站在郵局門前的郵箱旁邊，思量了一會兒，卻又拿着信走回去了。

媽媽一見他便說：

「看你又跑到哪裏去了，泳褲幫你找出來啦！」

「媽，我想到元朗去，要坐哪一路車？」

「你們不是去泳池的嗎？元朗哪有地方游水？路又這麼遠！」

志穎把自己忘記寄信的事告訴了媽媽，跟着說：

「我要親自把信送去。」

媽媽倒是很支持他，詳細告訴他到哪裏乘車，乘什麼車，還給他一點錢帶在身邊。

志穎又打電話給李文達，告訴他不能一齊去游泳啦，可是下次再去千萬別忘了他。

志穎很小的時候曾經跟爸媽去過元朗，只記得那裏有很好吃的土產點心。

這次志穎是獨個兒去元朗，去一處陌生的村落，找一個陌生的人。不過志穎並不害怕，因為他已經是大孩子啦；當然，心裏多少有點緊張也是免不了的。

志穎是坐巴士去的，車行一小時十五分便到了元朗。街上很熱鬧，有打扮入時的城裏人，也有帶着無頂竹帽的客家鄉村婦女。

志穎無心欣賞街景，走進一間賣菜種、農藥的店舖，問山邊圍怎麼去。店裏的人告訴他，先到左面的一條街乘去上村的小巴，在瓦嶺下車，再走十分鐘村路便到了。

店裏的人指示得很清楚，志穎順利地來到了山邊圍。這是一個環境優美的村落，十來戶人家，一式的青磚黑瓦建築。村後環抱着濃密的風水樹，村前幾棵巨大的榕樹，濃蔭覆蓋。幾個老年人正在樹下閒話家常，一片和平安靜的氣氛。

志穎上前請問山邊圍六號馮老先生家怎麼去，老人指向左邊說，那門前種着一棵大柏樹，門邊有一塊招牌寫着「馮園」的便是。

「馮園」的鐵門虛掩着，園裏開着各式各樣的花，蝴蝶和蜜蜂在花間來來往往，卻是一個人影也沒有。

志穎發覺門上連門鈴也沒有，只得放大喉嚨喊進去説：

「馮老先生在家嗎？」

喊了兩聲之後，一隻小黑狗從屋裏出來，走到門邊對着志穎搖尾巴。這使志穎想起了自己的小狗多多。跟着一

個小姑娘從屋裏探頭出來，看了一看便嚷着跑進去説：

「爺爺，有人找你！」

馮老先生穿着一件舊式的棉質線衫，寬大的唐裝褲，頭髮鬍子都白了，面色卻很紅潤。他步履穩健的來到門邊説：

「這位小朋友什麼事找我？」

志穎説明了來意，把那封信恭恭敬敬地交給馮老先生。

馮老先生顯得很是高興，他響亮地笑着説：

「難得！難得！像你這樣負責任的孩子——唔，不但是孩子，包括大人在內，是越來越少了。快進來坐坐，喝杯水再走。」

志穎走進屋子，見四壁掛滿字畫，陳設得十分雅緻。那小狗也跟了進來，帶點興奮地看着這位陌生的客人。那叫馮老先生做爺爺的小女孩，也好奇地打量着這位遠道而來的小朋友。

馮老先生請志穎坐下，從紫砂茶壺裏倒了一杯茶給志穎，也倒了一杯給自己。志穎正感口渴，兩口就把茶喝光。也不知是什麼茶葉，但覺齒頰留香。馮老先生又笑着替他添了一杯説：

「鄉下沒有什麼好招待的，只好喝杯粗茶了，不過倒是挺解渴的。」

「馮老先生也有到香港、九龍那邊去玩玩嗎？」志穎學習着跟大人交際、交際。

「一個月也有一兩次，不過人多、車多，不習慣，加上人懶，越來越少出外了。這次一份雜誌約我寫篇文章，

手頭缺乏資料，便託你姑丈幫我找。想不到倒麻煩世兄你
走一遭了。」

這麼大年紀的人，稱自己做「世兄」，志穎心裏覺得
奇怪，不過他知道這大概是客套的説話，便也學着客氣地
説：

「只怪我自己善忘，答應了姑丈的事沒有及時做好。
我怕誤了馮老先生的事，不親自送來，心中不安。」

馮老先生又「難得！難得！」的説了好幾遍。這時電
話響了，馮老先生響亮地對着電話説：

「……收到了！收到了！真麻煩你了！……是志穎小
朋友親自幫我送來的，真難得！他現在還在我這兒，你要
跟他談談嗎？」

馮老先生把聽筒遞給志穎，志穎不好意思地把事情的
經過告訴姑丈，姑丈也在電話裏誇獎了志穎一番。

馮老先生招待志穎參觀了他收藏的書畫文物，又叫孫
女帶他看看園裏養的雞、鴨、鴿子和蜜蜂。志穎樣樣都覺
得新鮮，問了這樣又問那樣。那小女孩卻問他海洋公園和
沙田音樂噴泉的事，兩人很快便成了朋友。

臨走時，馮老先生硬要志穎帶一個大木瓜回去，説是
自己樹上長的。又叫小孫女送志穎到路口搭車，那小狗當
然也自動跟着去。

當志穎坐在回程的巴士上時，心裏又輕鬆又快樂。車
到半路時，志穎已經睡着了。假如你也在這輛巴士上，你
便會看到一個小男孩，抱着一個大木瓜，睡夢中也心滿意
足地笑着。

快樂城

這是張先生一家搬進「怡悅城」居住的第一個晚上，室內的陳設還沒有布置妥當，空氣中飄浮着新屋特有的油漆和石灰水的氣味，使人有一種愉快的感覺。

剛才他們一家就在下面的小菜館裏吃飯，味道不錯，價錢不貴。當然最好的是飯後不必抹桌子、洗碗。已經有點疲倦的一家人，現在可以圍坐在一起切橙、剝葡萄。這些水果是飯後回家經過水果檔買的。途中買的東西還包括四對拖鞋，爸爸、媽媽、子儀、子敏每人一對。那間專賣拖鞋的小店，陳列出來的式樣可真多，害得媽媽揀了老半天，才能作出決定。現在他們四人腳上都穿着舒適的新拖鞋，和發亮的新地板相比顯得很相襯。弟弟子敏已經把那對舊拖鞋丟進了垃圾桶，姐姐子儀卻說自己的那對洗乾淨了還可以穿。

最興奮的似乎還是子敏，他說：

「我提議媽媽這幾天都不要煮飯，下面有快餐店、漢堡包、意大利薄餅、上海菜館、潮州菜館、四川菜館、北京菜館、海鮮酒家、餛飩麵店……我們每餐試一樣，直至試完為止。」

媽媽說：「好呀，免得我又要買菜，又要煮飯，又要洗碗！」

不過大家聽得出媽媽的口氣不是當真，她只是藉此發洩一下做家務的厭煩情緒。

「這裏買東西的確很方便。」子儀把一顆葡萄放進嘴裏說：「有一間很大很大的百貨公司，兩間超級市場，一個寬敞明亮的大街市，許許多多各式各樣的小商店，真是想買什麼有什麼！」

「哈，你什麼時候做起市場調查來了！」爸爸打趣說：「買東西越方便，荷包裏的錢越跑得快。」

「還記得上個月買牙膏的事嗎？」子儀笑着說，「每天早晚要用牙膏的時候，才記得牙膏用完了。村子裏沒有牙膏賣，爸爸進城又記不得這樣的小事，結果差不多一個星期沒有牙膏用，要到廚房裏拿鹽來代替。」

「下面有間小型的超級市場，寫明通宵營業，不但有日用品賣，還有用微波爐焗熟的點心，溫習功課到半夜，肚子餓了，也不怕沒有東西吃。」弟弟不知什麼時候打聽得這麼清楚。

「你淨掛着吃！」媽媽帶笑的橫他一眼。

「你淨掛着玩！」三個月後媽媽這樣罵子敏，罵的時候臉上再沒有笑容。

子敏放學回家後，常常到街上去玩。有時等晚飯都開在桌上了，他才匆匆回來。從前在晚飯之前他已經把功課做了大半，現在卻全部要留到飯後做。媽媽問他究竟到哪裏去了，他說只不過在附近罷了。

附近玩的東西的確很多，有一間號稱亞洲區十大之一的滾軸溜冰場，有三、四間桌球室，有六、七間電子遊戲

機中心，有兩間兒童遊樂場……

　　附近還有三間小型戲院，每天放映三部不同的電影。子敏每星期最少看一部電影，有時甚至兩部。要看戲當然要問媽媽拿錢，媽媽雖然不大願意，卻也不是常常拒絕，因為她怕子敏不開心。

　　在子敏幾次三番的要求下，媽媽還給錢他買了一對溜冰靴，子敏每星期起碼去溜冰場玩一兩次。

　　快樂的日子過得特別快，姊弟倆不知不覺在市區的新學校讀了一個學期。

　　學期終了，兩姊弟同一天派成績表。

　　姊姊的名次比在鄉間稍退，這是意料中事；弟弟的成績卻把爸爸嚇了一跳：

　　「阿敏，這是怎麼搞的！不合格的科目比合格的還要多！」

　　「這裏的功課深嘛！」子敏為自己辯護。

　　「剛剛轉學校，怕還未曾習慣。」媽媽見爸爸的臉色很難看，便替子敏説好話。

　　「我看還是因為你玩得太多！」爸爸嚴厲地説，他似乎很有點不高興。

　　説到對環境不習慣，子敏一點也不覺得。他覺得這裏的環境好得很，吃又方便，玩又方便，買東西又方便，乘車也方便。他認為在這裏的生活比鄉間開心得多了。他聽爸爸説，「怡悦」的意思和「快樂」差不多，他想：「這名字取得不錯，這裏簡直是一座快樂城嘛！」

　　不習慣的倒是子儀，她是個比較愛靜的女孩子，可是

這裏滿街是人，大家擠來擠去，使人心煩。她又喜歡大自然，她愛山、愛海，愛樹、愛林，愛花、愛草，愛日落、愛月出，愛蟲鳴、愛蟬唱⋯⋯可是在這裏，她要把頭仰到很後，才能看到頭頂一塊小天空，她有一種生活在井底的感覺。唔，「坐井觀天」，她想起了一句成語。這裏晚上的天空是灰濛濛的，要努力去看，才能看到幾顆星星。不像在鄉間，晚上一頭頂都是星，華麗燦爛，比起城市的燈光，另有一種莊嚴肅穆的美，使人心境平靜，呼吸也特別自然舒暢。説到植物，下面的廣場上也種了一些，灰塵撲撲的，失去了精神。屋子裏只有窗台上幾盆仙人掌、萬年青⋯⋯唉，她想起了鄉間園裏的白蘭花、丹桂樹，還有紫荊、杜鵑、木瓜、黃皮、番石榴⋯⋯

子儀的鄉思越來越濃，終於忍不住説服弟弟，揀了一個周末，到故居看看。雖然故居已經賣了，爸爸就是用賣得的錢在外面買房子住的。但子儀仍想回去，甚至在夢中也常常回到故居生活。

經過兩小時的旅程，兩人回到了故居所在的小村。

越走近從前的家門，子儀的心越是怦怦地跳得急。

當他們終於停在門前時，首先發覺不同的是從前一塊寫着「張園」的木牌不見了，現在換上了一塊寫着「何宅」的新招牌。園裏的改動倒是不大，正是番石榴成熟的季節，今年的果子似乎長得很密。子儀還見到自己在窗外牆腳邊種的鳳仙花仍然成排的開着。

園裏沒有人，只有一隻小黃狗在屋前的石階上睡懶覺。兩隻蒼蠅老想停在牠的耳朵上，牠的耳朵一動一動的要把

蒼蠅彈走。

　　子儀在門外看得呆了，弟弟卻催着快走。他要去探訪村裏一位舊友，大家已經在電話中約好了。

　　弟弟的朋友子儀也認識，他叫阿牛，曾經是子敏的同班同學。

　　阿牛摘了一大堆番石榴招待他們，番石榴的清香充滿整間屋子。見面時話最多的是子敏，他把新居所附近的繁華世界，加油添醬地形容了一番，把阿牛聽得羨慕極了。子敏還約阿牛找一個星期天出城去玩，他願意好好地招呼他，暢快地玩一天。

　　在回家的巴士上，子敏說：

　　「如果再要我搬回鄉下，我就住不慣。屋子裏暗沉沉的，又有蒼蠅又有蚊子。附近又沒有什麼玩的，悶都悶死了。」

　　子儀不大同意，她說：

　　「小河裏釣魚，草中捉金絲貓，難道不是你喜歡的節目嗎？」

　　「哪有外面的節目花樣多，夠刺激！」弟弟的心早飛回去了。

　　「你也不要老掛着玩，當心成績再退步呀！」子儀把阿牛送的番石榴湊近鼻子，聞它們的香氣。

　　「你少擔心吧！」子敏打了一個呵欠，閉起眼睛來睡覺了。

　　姐姐的擔心不是多餘的，子敏的玩耍節目越來越多了。他還在附近結識了一班少年朋友，成羣結隊的到處去。

他每天放學後回家把書包一丟，換上去街的衣服便匆匆的走了，有時連晚飯都不回來吃。

碰上這個月爸爸因公事到外地去，子敏就更是毫無顧忌的大玩特玩。

子儀見弟弟越來越不像話，便叫媽媽不要有求必應，要限制弟弟的零用錢。那天弟弟問媽媽拿錢看戲，媽媽說：

「前天剛看過，今天又再看，我哪有這麼多錢！」

弟弟很不高興，他跟朋友通了一個電話之後，便想出門去了。

「到哪裏去？」媽媽問。

「看戲！」弟弟說。

「你有錢？」媽媽再問。

「有人請！」弟弟負氣地說，「人家不像你這麼吝嗇！」

弟弟砰地關上門走了，這天晚上十一點鐘都沒有回來。

媽媽開始焦急，手上打着毛線，眼睛卻不停地看鐘。

「打個電話問問他的朋友好不好？」媽媽終於忍不住了。

「我不知道他朋友的電話。」子儀說，她也有點擔心。

「看他有沒有電話本子留在家裏？」媽媽說。

於是子儀到弟弟的書桌上和抽屜裏找，最後打開了子敏的書包。

書包裏也沒有電話本子，子儀隨意翻開了弟弟的功課簿。先是中文默書，除了第一次及格之外，其餘不是三四十分，便是零蛋。英文默書的成績更差，一次也沒有及格

過。書包裏還有幾張測驗卷，最高分的是中文，也只得五十分；數學才得十分，英文二十五分。

「媽，弟弟的功課實在太差啦！」子儀說。

「這孩子自從搬出來後，一味貪玩，功課一直退步下去，真使人擔心。」媽媽幽幽地歎了一口氣。

子儀心裏記掛着弟弟，又想陪伴媽媽，便拿一本《木偶奇遇記》來解悶。

她坐在媽媽身旁，隨手翻看。這本書是她看過的，因此不論從哪裏開始看都可以。

她翻開的那一章，是說小木偶畢諾巧因為貪玩，被人騙到一處叫玩樂國的地方。那裏滿街都是孩子，人人都在玩耍、歡笑。書上這樣描寫：

「這裏終日喧鬧，你必須用棉花絮來塞住你的耳朵，才可以避去厭煩。在無論什麼地方，都有露天劇場，從早到晚，裏面擠滿着孩子。」

子儀心想：「唔，真有點像我們的『怡悅城』。」

子儀繼續看下去：小木偶在各式各樣的遊戲中，一個鐘頭，一天，一個星期，都像電光似的飛快地過去了。他在那裏，整整的玩了五個月，沒有看過一本書，沒有寫過一個字。終於有一天，畢諾巧早晨醒來時，發現頭上長出了驢子的耳朵。

一隻有學問的小鼠告訴他說：

「這是命裏注定的，天書上寫着：凡是懶惰的孩子，不喜歡書籍、學校、老師的孩子，一天到晚尋開心、遊戲、玩耍的孩子，結果都是要變成小驢子的。」

果然，小木偶一會兒就站不穩了，兩隻手變成腳蹄，身上長出了毛，後面還長了一條尾巴，他完全變成了一隻小驢子。他想哭，卻只能發出驢子的叫聲。

　　子儀看到這裏，心中忽然產生一種恐懼：「啊！怡悦城——快樂城——玩樂國！弟弟——小木偶——驢子！」

　　她記得英文老師説過，英文中的驢子 ass，又是愚人、蠢人的意思，她想：「弟弟再這樣貪玩下去，一定會變成一隻蠢驢，我一定要好好提醒他呀！」

　　她拿書簽夾在這一章的開始，她要介紹弟弟好好地讀讀這一段。

　　唔，門鈴響了，該是弟弟回來了。

星期日的早上

那是個星期日的早上，我約了同學到太平山頂遠足。因為出門遲了，時間比較趕。

當我橫過一條馬路，想到對面搭車時，一個老人站在對面的路邊，也想橫過這條馬路。他的方向和我相反，我又看見我想乘搭的巴士遠遠的來了；因此，我雖然看見這個老人，那麼緊張地立在那裏，焦慮地看着面前穿梭來往的車輛，卻不曾準備去幫他一下。

我走過他的身邊，見他微張着嘴，像想和我說什麼似的。這時巴士在發出尖銳的煞車聲，準備停站了。我撇下了老人，向巴士追過去。登車之後，走上巴士的上層。巴士開了，我回過頭去，還見那老人，徬徨地立在路邊。

我找了一個座位坐下，心中開始有點不安。那微張的嘴又出現在我眼前，嘴裏面的牙齒已脫落了好幾顆，嘴唇顫抖着⋯⋯他當時想跟我說什麼？是不是想請求一位陌生人的幫忙，帶他橫過馬路？

我真的這麼急着要搭這一班巴士麼？最多五分鐘之後，就會有另一輛巴士開來。這五分鐘已足夠我安全地把這位老人送過馬路，可是，我卻冷漠地把他留在路邊。

我的良心開始責備自己，不過我又這樣自我安慰：

「說不定一會兒有一位警察先生，或是日行一善的童子軍經過，就會把老人家平安地帶過去；即使是一個平常的路人，只要他不是趕時間，又多少有一點服務精神，總不會置之不理的。」

這天我在山頂玩得很開心，老人的事很快便忘記了。

星期一下午放學回家，照例閱讀當日的報紙。港聞版一段小新聞卻使我的心像被人重重打了一拳。那段新聞的標題是：

交通黑點又有意外
老翁過馬路遭不幸

裏面簡單報導：昨天早上一名七十多歲的老翁，在橫過馬路時被一輛電單車撞倒，送院後證實不治。意外發生的地點正是我昨天早上經過的那處。

我腦海裏彷彿出現當時的情景：老人在路邊等得不耐煩了，終於心驚膽戰地踏上馬路，急急地挪移着僵硬的腳步。可是一輛電單車飛也似的馳來，發出劈劈拍拍的駭人聲響。受驚的老人，不知自己應該向前還是退後，在馬路中心慌亂地轉着，就在這時……唉，我不忍再想下去了！

我和這老人雖然素不相識，但當時他的確是想向我求助的，這又是我能力做得到的事，因此，我對這事便有了責任。我沒有盡我的責任，沒有人會責怪我，但是我的良知卻會這樣做；不是一次、兩次，而是無數次的責怪我。

我那天連晚飯也吃不下去，老人被車撞倒後痛苦掙扎的情景，老是在我腦海出現。我胡亂地扒下了一碗飯，坐在露台的藤椅上，繼續接受我的良心責備。我看到樓下馬路上汽車來來往往，人們在車輛的空隙中左閃右避，像是電腦遊戲中被怪物追殺的小人兒。這時一個念頭在我心中產生，我要為自己定一個「補贖」計劃。

從下一個星期天起，我打算推卻朋友的約會，為自己安排兩小時的餘暇，去到那交通意外發生的地點，為自己找尋服務的機會。我決定一連做十個星期天，風雨不改。

我有時站在巴士站上，裝做等車；有時站在一棵樹的樹蔭下，裝做等人。我留意兩邊想過馬路的行人，見到行動遲緩的老人，走路不便的傷殘人士，帶着幾個孩子的婦女，年紀幼小的兒童，便過去攙扶他們。

我幾乎毫無例外地獲得他們的致謝。

一位老婆婆謝了我之後，還祝我學業進步，年年考第一。

一個帶着孩子從街市買菜回來的主婦，硬要塞一個蘋果給我。

一個失明人在我一連三個星期天幫他過馬路之後，告訴我他們正準備舉行一場音樂會，並且送給我一張入場券。

我不貪圖這些物質的「獎勵」，我樂意接的是蘋果和入場券背後的善意，他們是在鼓勵我這個少年人了。其實即使他們連「謝謝」也不說一句，只要我曾經幫助過他們，我心中的內疚便會減一分，快樂便會增一分。

麻煩也不是完全沒有，一位警察先生發覺我長久地站

在巴士站上不上車，曾經盤問了我好幾分鐘。我照實告訴他，我是在這裏幫助有需要的人過馬路。他起初不相信，但兩三個星期之後，他見到我便很友善地打招呼了。我對他說，這裏很需要設一處行人過路線，因為經過這裏的車子都開得很快，想從這裏過馬路的人也不算少。他很同意我的意見，並且答應向有關部門反映。

還有一樣困擾，是我不曾照實告訴家裏人說我星期天出外做什麼，我怕他們笑我傻。我只是說去做義工，為有需要的人服務，似乎也不算是騙他們。有一次下很大的雨，我仍照常出去，回來時，渾身濕透了，被媽媽罵了一頓。我知道她是心疼我，所以雖然心裏不樂意，卻沒有回嘴。

第五個星期天，一個晴朗的日子，陽光普照。我班有十多個同學約了去南丫島游泳，我硬着心腸推辭了他們的邀約。我想像他們正活躍在藍天碧海間，和清涼的海水相擁抱；我卻傻瓜似的站在大太陽下，還要呼吸汽車經過噴出的廢氣。

剛帶了一位患小兒麻痺症的青年人過馬路，一回頭又見對面馬路來了一位老人，顫危危地站在路邊。

我窺準了汽車往來的空隙，從容地過馬路，走向那位老人。我看到他焦慮緊張的眼神，我看到他微微張開的嘴唇，我看到他口裏牙齒脫落後的空洞……我記得這張面孔，他正是那天向我求助的老人。原來他沒有被車撞倒，那遭遇不幸的原來是另一位老人。我的心劇烈地跳動着，我走上前去，親熱地拖着他的手，就像拖着我自己的爺爺。我說：

「老伯，讓我扶你過去。」

　　他對這突如其來的幫助，有點意外，眼睛仍然緊張地注視着來往的車輛。

　　我看清楚了兩邊的汽車相距還遠，便帶他踏出馬路。這時我發覺他已把自己交託給我，不再理會有沒有汽車駛來，只是努力移動他蹣跚的腳步。

　　我們平安地過了馬路，他沒有謝我，卻停下來拿一條手帕抹汗。我問：

　　「老伯，你要到哪裏去？要不要我再送你一程？」

　　他不知說了一些什麼，因為他口齒不清，又帶着濃重的鄉音。

我決定一直把他送到目的地，因為這樣的老人走在香港繁忙的街道上，可說是危機四伏。

　　終於我再陪他過了兩條馬路，穿過一處街市，走進一間大廈，我看着他走進電梯，才安心地離開。

　　在我回家的途中，我的心情是那麼的愉快，因為我再不須忍受良心的責備，我已經是一個「無罪」的人了。

　　第六個星期天的早上，仍是個大晴天。媽媽在露台晾衣服，見我睡醒便說：

　　「廚房裏有麥皮，自己烘多士當早餐吧。是不是又要去做什麼義工？」

　　本來我想說：「不用再去啦！」

　　可是我心裏有個聲音說：「你不是準備做十個星期的嗎？許多人都需要你的幫助，那位不幸的老人如果有人幫他，便不會發生意外了。」

　　於是早餐之後，我又回到我的「服務站」，繼續我尚未完成的工作。

今天學校大旅行，目的地是梅窩，先要坐車，然後坐船。

學校租賃的旅遊巴士，把他們載往碼頭。六年甲班有四十多人，加上黃老師，剛好坐滿一輛車。

阿文生得瘦小，第一個上車，佔了個靠窗的座位。後上車的阿堅，是全班身軀最龐大的一個，見阿文旁邊空着，便一屁股坐了下去，這一坐差不多佔了雙人座位的三分之二，他的手肘還碰了阿文一下，怪痛的。

阿文橫了他一眼，把本來放在膝上的背包塞在他和阿堅之間，表示要保持距離。阿堅大概也知道自己佔的位置多，便向外挪一挪。一條又肥又大的腿，伸到兩排座椅間的過道上去了。

阿文暗歎倒霉，自己最怕坐到身邊的人，偏偏就坐在身邊。你看，車子轉彎的時候，他肥胖的身體一次又一次的壓過來，多討厭！

坐船的時候，阿文避開了阿堅。船上空位多的是，誰也不會妨礙誰。倒是後來阿文覺得風大，便坐到阿堅身後，靠他擋風。阿堅衣服穿得比阿文少，卻一點也不覺涼，他的身體的確很好。

上岸之後，阿文才知道自己和阿堅有緣，原來不論野餐和遊戲，他們都被編在同一組裏。

阿堅是有名的「大胃王」，可以空口吃一磅麵包，不用搽牛油，也不用搽花生醬。阿文心想：「跟阿堅編在一組野餐，要小心東西都被他吃掉！」

不過阿堅倒是吃得相當斯文，他把能分的水果呀，汽水呀，分到每個人的手上；那些不能分的麵包和罐頭，他也吃得不比別人多。直到大家都飽了，他才把剩下來的東西一樣一樣吃掉。他一面吃一面說：「你們的胃口為什麼這麼小？」

玩遊戲節目時，阿文和阿堅不但是一組，而且是一對，一同玩「二人三足」，也一同跳 OVER。

玩「二人三足」時，瘦小的阿文吊在高大壯實的阿堅身上，製造了不少笑料。他們的成績並不差，獲得了第二名。

跳 OVER 時，先由阿文跳過阿堅，阿堅把身子放得很低，阿文一跳便跳過去了。到阿堅要跳過阿文時，大家都替阿文捏一把汗。

阿文彎着腰俯身在那裏，兩隻瘦臂撑在兩條瘦腿上。阿堅差不多七十公斤的身軀將會越過阿文，越過的時候，他兩隻手會在阿文的背上一撑，借那反彈的力跳過去。

事後證明大家的擔心是多餘的，因為阿堅比阿文高得多，他只要輕輕一跳便飛身而過，根本不用在阿文的背上借力，只是象徵式地點了一點。

集體遊戲之後是自由活動時間。大家在沙灘上拾貝殼，

拋飛碟，也有人帶了紙鷂來放。

阿文帶了一個飛碟來玩，他本來是拋給阿光的，卻斜斜地落到了阿堅手上，阿堅順手一甩，飛碟又勁又準地飛回阿文身邊。阿文伸手去接，一個不穩，碰到小手指上，痛得哎呀一聲，飛碟掉在地上。

阿堅見阿文喚痛，便走上前去說對不起。阿文仍在生氣，怒爆爆的說：

「跟你在一起最倒霉！」

阿堅沒有說什麼，從地上拾起那飛碟交給阿文，便走開了。

阿文覺得口渴，見一百步外有間商店，是賣香煙、汽水、零星雜物的，便獨自過去。

到了商店門口，阿文又想小解。見屋旁有間矮屋，倒有點像鄉村廁所，便走過去看看。快到矮屋門前，卻有一隻褐身黑臉的狗，撲了出來，對着阿文發出嗚嗚的叫聲，同時露出尖尖的白牙。

這狗樣貌兇惡，分明來意不善。阿文轉身便走，一面走一面回頭看牠是否追來。這一回頭不覺大吃一驚，原來那狗已靜靜的來到身後三、四步的地方。阿文拔腿便跑，這一跑更引起了狗的兇性，一竄上前，便朝阿文右面大腿上咬去。

阿文腿上一陣劇痛，連忙高喊救命。

店裏一位阿伯，見狗咬人，高聲把狗喝退。可憐阿文的大腿上已是鮮血淋淋。

正在海灘上玩耍的同學，被阿文的呼救聲驚動，紛紛

圍了過來。那狗見人多，不敢再出來咬人，卻躲在矮屋裏，嗚嗚地示威。

第一個衝到阿文身邊的是班主任黃老師。她先看了看阿文的傷勢説：「還好，不太嚴重。」便把阿文扶到商店門前的一張椅子上坐下。這時另一位老師已拿了藥箱過來，替阿文做初步消毒，並且包上紗布。

商店裏那位阿伯見自家的狗闖了禍，便向大家解釋，説是那隻母狗最近生了小狗，所以才會咬人。

黃老師怪他不把狗鎖好，惹出這麼大的麻煩。又問他外面街上有沒有政府醫局，要送孩子去診治。老伯説這島上只有一間醫院在長沙，早上醫生會在流動診療車上出診，現在早已收隊了，要看便得到醫院去。

從這裏往醫院沒有公路，要沿着海旁的小路走到碼頭附近，才可以搭巴士或者計程汽車上去。

黃老師決定陪阿文到醫院去，可是阿文的腳受了傷，紗布上還微微有血水滲出來，不方便走這麼長的路。

黃老師是女性，她估計到自己沒有足夠的氣力，把阿文抱出去或是背出去，正在考慮可以請哪一位男老師幫忙的時候，忽然有人説：

「黃老師，我可以抱阿文出去。」

黃老師一看，這人真是最適合不過。他便是學生之中，最高大壯碩、最有氣力的阿堅。

三個人一同上路了，黃老師走在前面，阿堅抱着阿文跟着。

老師不時回轉頭來看他們，問阿堅吃力不吃力，要不

要歇一歇。

阿文的傷口已經不大痛，他被阿堅抱在臂彎裏，倒是滿舒服的。

阿文的頭剛好在阿堅的胸前，阿文覺得他的胸很厚很軟，像一個有彈性的枕頭。

小路轉了一個彎，太陽射到阿文的臉上，阿文怕刺眼，瞇起了眼睛。阿堅體貼地把阿文轉了一個身，這時阿文的耳朵貼在阿堅的左胸上。他忽然聽見一個有規律的聲音：噠！噠！噠！唔，原來是阿堅的心跳，跳得很有力，很有規律，他的心臟一定很健康。

阿文在這有規律的聲音中，在這晃晃盪盪的前行中，不覺有點睡意。他輕輕閉上了眼睛，兒時睡在媽媽懷裏的溫柔感覺，忽然泛上心頭。

阿堅的腳踢到一枚石子，跟蹌了一下，但隨即又穩穩地走了。阿文睜開眼望了阿堅一下，卻見他額頭上亮晶晶的，原來在出汗。

阿文記起自己曾經帶了兩包紙巾出來，可惜都在背囊裏，背囊已經交給同學看管，紙巾是拿不到的了。

他想到今天早上曾經討厭阿堅坐到自己身邊，又想到怕他分薄了大家的食物，更曾經無情地罵他說：「跟你在一起最倒霉！」如今卻靠他抱着走。今天自己的確很倒霉，倒霉的時候並不是跟阿堅在一起，反是倒霉之後，要阿堅來幫自己。

阿文呆呆地看着阿堅的臉，見他緊閉着嘴，顯出努力的樣子，看來他是有點吃力了。阿文的心中忽然感到深深

的歉意。他覺得阿堅要比自己好得多，不要說自己瘦小無力，就算自己像阿堅般壯碩，也不一定肯抱一位受傷的同學走這麼長的路。

阿文發覺阿堅有低頭看他的意思，有點不好意思，便把眼睛閉上。這時忽然有兩滴液體灑在他的臉上。天色很好，阿文知道不是下雨，這是阿堅的汗水。

阿文覺得鼻子酸酸的，想哭又哭不出來，他努力把聲音保持得平靜地說：

「阿堅，我們休息一下好不好？」

各位同學，我叫王均祥，在一間車行做文員。我雖然不認識你們，你們卻可能認識我。因為我曾經演過一個電視劇，劇名叫《天生你材》*，劇中的李吉祥，綽號「阿短」的便是我。

我叫阿祥，「祥」和「長」在廣東話裏發音相同，偏偏我生得矮小，二十多歲的人才只有兩尺多高，因此朋友們打趣地替我配了一個相反的名字「阿短」。不過叫我「阿祥」也好，「阿短」也好，我都會高興地答應。朋友之間，開個善意的小玩笑，有什麼好生氣的呢？

為什麼我這麼矮呢？那是因為我的骨骼缺乏鈣質，長不高，而且脆弱易斷，被一般人稱為「玻璃骨」。我最怕跌跤：別人跌跤，可以自己爬起來，一點事也沒有，我跌跤便可能斷骨，甚至有生命危險。所以照料我，便得像照料一件玻璃器皿般，要特別小心。

---

*《天生你材》：香港電台電視節目《獅子山下》裏的故事，《天生你材》在一九八四年播映，故事分上下兩集，講述兩個身體殘缺的病人之間的友情。此劇集在一九八四年獲得紐約電影電視節銀獎、芝加哥電影電視節銀獎，又在一九八八年獲國際復康聯會電影節戲劇組亞軍。

更不幸的是我出生不到一年，父親就患了中風病，半個身體癱瘓，再不能出外工作。整個家庭的擔子，全落在媽媽身上了。

她要出外工作，賺錢養活一家。

她要照料我父親，因為他行動不便。

她要照顧我哥哥，那時他剛開始入學。

她要照顧我姐姐，姐姐是個弱智女孩，許多事情都不會做。

她更要照料我，那時我還是個嬰孩，而且身體有缺陷，需要想辦法醫治。

媽媽曾經抱着我，走遍了港九的醫院。有的醫生不肯醫，有的醫生醫了幾回，見沒有進展便放棄了，還對媽媽說：「這孩子是養不大的，你還是別費心吧！」

媽媽聽了雖然心如刀割，卻不肯聽從醫生的話。她說：「孩子有一天的命，我便養他一天，絕不放棄！」

為了更好地照料家人，媽媽再不能到外面去做工，她便到工廠取些衣服回家來車縫，日夜辛勞，勉強維持一家的生活。有時捱到病了，也要硬撐下去。

使她開心的是：我不但活了下來，而且聰明伶俐，很早便講話了。

我四歲的時候，終於獲得一位熱心醫生的幫助，送到大口環骨科醫院治療——想不到我在那裏一住便是七年。可以說，我的大半個童年是在醫院度過的。

在這七年裏，醫生替我動了無數次的手術，我經常在手術室和病房之間進進出出，吃的藥丸比糖果還要多。

我差不多每天都盼望媽媽來探我，因為她總會帶一些我喜歡吃的東西來。可是路太遠，她又忙，有時要一個星期才能來一次呢。

醫生曾經在我拳曲的細腿中裝上不鏽鋼條，讓我的腳變得直些、有力些。但不久之後，鋼條卻戳穿了皮膚，露到身體外面。醫生只得又把那些鋼條拿掉。如今我的腿上，還留着許多彎彎曲曲的疤痕，便是這段日子的紀念。

我十一歲的時候，治療告一段落。從醫院出來，到觀塘雅麗珊紅十字會學校讀書。這學校是寄宿的，同學們要假期才回家，有的家中無人照料，便要連假期也留在學校裏。

這間學校收的都是身體有傷殘的孩子，有的用拐杖，有的坐輪椅，也有像我一般的「玻璃骨」。我們一同讀書，一同遊戲，日子當然比在醫院快樂。

我十一歲才開始讀書，比許多小朋友遲，因此我很珍惜我的讀書機會。而且我知道自己行動不便，要認識世界，要充實生活，文字會是我最有力的助手。所以我很努力學習，不止一次考到第一名。老師們都很喜歡我，愛惜我。

　　我的膽子大，喉嚨也大。別人不敢說英語，我敢說；別人不敢唱歌，我敢唱。我又喜歡繪畫，尤其歡喜畫在雲中騰躍的龍，朋友見了，便問我要。雖然我畫得辛苦，但有人欣賞，我心裏也歡喜。老實說，我當時是校中的風頭人物，也是大家歡迎的人物。

　　小學畢業之後，我渴望繼續求學。可是沒有一間中學肯收容我。我並不怪責人家，因為我行動完全要靠別人，連到廁所去也要人幫，的確會造成許多麻煩和不便。

　　找不到學校便想找工作，我會寫會算，也可以聽電話做接線生。可是即使那些肯僱用傷殘人士的機構，見到我的情況，也不願意錄用我，因為我的自我照顧能力太差了。

　　就這樣，我在家裏呆了三年多。這三年，我大部分時間睡在牀上，讀書、看雜誌、看報紙，倒也擴闊了眼界，增加了不少課外知識。書報上面一些傷殘人士努力奮鬥的故事，激勵了我，我要學習他們，做一個有用的人。

　　我學習寫一些短文，把自己的生活和感想記下來，投到報章上去，其中不少獲得發表的機會，更增加了我的信心。

　　姐姐早已不讀書了，她在一間庇護工場做一些簡單的工作。我便利用她工餘的時間教她讀書。我在大方格簿上寫一些「字頭」，教她認，也教她寫。她很聽話，寫字從

來不偷懶。想不到她的記憶力倒是很好的。我拿着她很久以前寫的字逐個問她,她也一樣記得。

我的姐姐叫阿蓮,她心裏是很愛惜我這個大嬰兒一般的弟弟的。直到今天,她都做着我的義務秘書。我的相片簿、集郵簿、剪報、文件,都由她有條有理的放着。我叫她拿什麼出來,她都能很快的找到。有時朋友來我家聊天,拿我的相片簿看,看完之後,阿蓮總會整整齊齊順着次序把它們放好。

在我拍《天生你材》電視劇的時候,阿蓮常常被留在家裏,這使她很不高興。因為她愛熱鬧,更喜歡與我在一

起。可是她只是埋怨幾句也就算了，我還不曾見她發過脾氣。

我終於找到工作了，是到阿蓮工作的地方做包裝。這是我的第一份工作，雖然工資很低，我仍然很高興，因為我總算能賺錢了。

庇護工場分做好幾個部分，有的做車衣，有的做書籍裝釘，我做的是最容易的包裝。把一些產品，數好一定的數目，裝到盒子裏。

工友們各有各的缺陷，但是他們個個都很努力工作，對我也很友善，很快我就結識了不少朋友。一個手部痙攣的工友，學會了用腳工作；一個患小兒麻痺症的女孩，卻能夠為自己裁剪一套套的新衣。他們的奮鬥精神使我佩服，也鼓勵了我。所以工作雖然沉悶，我也努力地做着。有時還唱一些流行的歌曲，為工友們解悶。

記得我第一次領薪水時，我把它全部交給媽媽。我說：「媽媽，你拿去買點補身的東西吃吧，這許多年你太辛苦了。」這也是我第一次看見媽媽流眼淚。

媽媽沒有把我給她的錢拿去買補品，工場替我向有關方面申請，和我合股買一部電動輪椅，我的薪水就做了這樣用途。

電動輪椅靠電池和摩打推動，我只要按鈕，便可以在工場自由來去，甚至自己去廁所。這種輪椅比普通輪椅貴得多，但是我的手沒有力推動普通輪椅，惟有電動輪椅才能使我嘗到行動自由的滋味。工場有時為工友們組織一些郊外旅遊節目，也替我把輪椅運去，讓我在大自然的懷抱

裏享受馳騁的樂趣。

演出電視劇《天生你材》是我生活的一個轉捩點，這個機會其實是我自己努力爭取回來的。記得這戲還在籌拍階段，導演單慧珠姐姐和工作人員來我家探訪和蒐集資料，我便大力向他們毛遂自薦。我半開玩笑半認真地說：「如果請我拍戲，我赴湯蹈火，在所不辭！」我還為他們做出許多趣怪的動作和表情，引得他們哈哈大笑。結果我終於如願以償。

拍戲時，我的確是很認真的，我的對白背得很熟，並且細心揣摩劇中人的心理和性格。導演一向以認真出名，一個鏡頭往往要試許多次，重拍許多次。我從不埋怨，總是專注的做了一次又一次，到導演認為滿意為止。

片子播出後，電台接到無數的電話和信件，都是鼓勵和讚美我們全體工作人員的。還有許許多多的觀眾要求跟我做朋友。

使我開心不只是觀眾的讚美，還有大眾對我的接納。我在街上出現時，他們不再以奇異的目光看我，而是友善地像朋友似的招呼我。

拍戲使我多了幾位好朋友，包括我戲裏面的朋友陳家寶，他的真名是岑亮文；也包括導演單慧珠姐姐，編劇阿濃和其他好幾位工作人員，到今天我們仍然時常來往。

《天生你材》後來獲得兩個國際大獎，還曾在英國全國播映，得到很好的反應。

香港一間有名車行的負責人，在看了《天生你材》之後，提供了一份文員的工作給我，為了便利照顧，連我媽

媽也一併僱請了。

　　我工作得很努力，邊學邊做，經過短時期的適應，似乎還可以應付得來。我的薪水比以前多，生活也比以前改善了。

　　社會關心我、愛護我，我當然也應該為這個社會多做點事。最近，我被邀請到「激勵人生民歌晚會」上高歌一曲，贏得滿場的掌聲。我又在義務工作拓展協會一次遊戲大會上擔任司儀。雪白的襯衫打上蝶形領結，十分神氣。

　　我越來越覺得自己是一個有用的人，我不但不是這個社會的負累，我還能幫助這個社會變得美好。「天生我材必有用！」這話一點也沒有說錯。

「芝麻糊」和「杏仁糊」

我姓胡，叫之華；我的弟弟當然也姓胡，他的名字叫行仁。我生得黑，他長得白，同學們叫我「芝麻糊」，叫弟弟「杏仁糊」。唔，這兩種甜品我都很喜歡吃。

弟弟比我小一歲，卻長得比我還高，應了一句成語：「後來居上」。

我們同在一間學校讀書，我讀六年級，他讀五年級，每天一同上學、放學。同學們都知道我們是兩兄弟，不過如果我們不說破，外人一定猜不到，因為我們的樣貌實在不相像。

我們的爸爸，鼻樑挺直，是他臉上最漂亮的部分；可惜他的眼睛卻生得很小。我們的媽媽，眼睛大，睫毛長，好看得很，可惜她的鼻子卻比較平。爸爸的小眼睛遺傳了給我，我又繼承了媽媽的扁鼻子；而弟弟呢，鼻子像爸爸，眼睛像媽媽，你該想像到他是多麼好看。不好看的都歸我，好看的都歸弟弟，這的確有點不公平。可是這該怪誰呢？

有一天，老師解釋一個詞語：「得天獨厚」，說是形容某種人天生許多優勝的條件，好像上天特別厚待他似的。我當時便想起了弟弟，他該算是「得天獨厚」吧。

那天我在背書，讀了好幾遍都背不熟。

弟弟起初一句一句的提我，到我實在背不下去時，他卻順順溜溜、一字不漏的替我把整篇背完了。原來他在聽我誦讀的時候已經記熟了。

晚上我們一起做功課，我最怕的是數學，那些面積、體積，還有百分數的應用題，簡直是故意難為人。我一面做一面唉聲歎氣，詛咒那討厭的課本。弟弟卻説他最喜歡做數學練習，因為像猜謎一樣，充滿趣味。那次我為一個數學習題抓破了頭皮，弟弟卻自告奮勇，叫我讓他試試。我沒好氣的説：

「這些數你還不曾學過，怎麼會算呢？你以為你是天才麼？」

弟弟把數學書拿過去，仔細地看了那些例題，又問了我一些問題。雖然我糊里糊塗的講不清楚，他一面想一面算，不久就把題目解出來了。他高興地嚷着説：「哈哈！我是天才！」我心裏有點不服氣，卻又不得不佩服他的聰明。

有時我想：他是得天獨厚，那麼我是不是得天獨「薄」呢？記得那次學校旅行，老師分發水果給我們。先發橙子，輪到我時，只剩下一隻特別小的。於是在發蘋果時，老師首先挑了一個大的給我。那時我心中忽然閃過一個念頭：我是這個小橙，弟弟是這個香甜多汁的大蘋果。

説到這裏，你們可能會想，我是在妒忌弟弟了。事實的確如此，尤其在媽媽和朋友談天的時候：

「……行仁今年又考第一，這孩子的確很聰明！之華？唉，差得遠了！」

我看到她講弟弟時眉開眼笑，提起我時卻皺着眉頭。

我心中雖然有妒忌，但和弟弟的感情仍是很好的。因為弟弟在我面前從沒有驕傲過，很多事情都徵求我的意見。他不但對我親熱，甚至還有點尊敬，雖然我只是一個笨蛋哥哥。

「看我又拿到什麼獎品了！」弟弟興高采烈地揚着他手上的巧克力糖。

在我沒來得及妒忌之前，他已經二一分作五，把半條巧克力塞進我的嘴裏説：「是默書一百分獎的。」

「哥哥，同學約我到公園去踢球，你説去个去？」弟弟問。

「球場人雜，你去踢球，爸媽會不放心的。」我説。

「唔，那麼我不去了。」

你看，他多聽話！你的弟弟肯這樣聽你的話麼？

我讀六年級上學期的最後一天，班主任何老師發成績表。我心中早有不祥的預感，因為我知道自己這次成績考得很差。

當老師喊我的名字時，我緊張地走出去。老師把成績表遞給我時臉色嚴肅，叫我一會兒到教員室見她。

我回到座位上，把成績表打開一條縫。成績表微微震動着，是我的手在發抖。我看到上面最少有四科是用紅筆寫的。

在教員室裏，何老師給我一張通知書，是約家長來學校談話的。何老師沒有罵我，他只是説：

「胡之華，你又退步了呢！」

淚珠在我眼眶裏打轉，我強忍着離開了何老師。

這次是大禍臨頭了，爸爸媽媽都是愛面子的人，我卻要他們這麼難為情地到學校來。

我心情沉重，失魂落魄的走到學校門前，見弟弟已在那裏等我。

「你猜我這次考第幾？」看他滿臉的笑意，不用猜我也知道他又是考第一。我忽然討厭起他得意洋洋的樣子，冷冷地說：

「猜不到！」

他呆了一下，似乎知道是什麼一回事了。他看着我的面孔，試探着問：

「你呢？」

一陣委屈突然湧上我的心頭：我不懶，我留心聽書，我努力溫書，我用的氣力一點不比弟弟少。可是，為什麼弟弟考得這樣好，我卻這麼差？為什麼？為什麼？我突然拔腿朝回家相反的方向跑去。跑了很遠之後，才聽見弟弟焦急地叫我的聲音：

「阿哥——！」

我走進了一間公園，在一張向海的長凳上坐了好一會兒。我看到西邊天上的彩霞，由橙紅漸漸變成紫灰；我看到大廈的燈火，一盞一盞的亮起來，織成燦爛的一片。四周不知不覺暗了下來，公園裏黃色的霧燈把環境照得迷離恍惚，我有一種處身在夢境的感覺。我多麼期望這只是一個惡夢，當夢醒的時候才知這是虛驚一場。

肚子咕咕的響了起來，使我記起該是吃晚飯的時候了，

爸媽不見我回家，一定擔心地等待着我了。我急步離開了公園。

回到家裏，媽媽一開門就説：「你跑到哪裏去了？真把人急死了！」但隨即溫柔地説，「你們該餓了，我們先吃飯吧，爸爸一會兒就回來的。」

「爸爸出去找你了。」弟弟小聲説。

眼淚忽的像小河似的從我眼裏湧出來，我衝進房間裏，伏在枕上痛哭。

後來我聽見電話鈴響，又聽見媽媽對着電話説：「回米了。」一定是爸爸打回來的。

爸爸很快便回來，弟弟進來叫我吃飯。我腫着眼走出去，燈光下見爸和媽的神色都很溫和。我們默默的吃了一頓晚飯，誰也沒有説什麼。

飯後我把成績表和要求見家長的信都拿了出來，爸爸看了遞給媽媽，兩人什麼也沒有説。

後來是媽媽到學校去了一次。回來仍然沒有對我説什麼。有什麼好説的呢？老師也好，媽媽也好，都知道我並不懶惰，我已經盡了力，成績不好，那有什麼辦法呢？

不過我心裏卻一直不好過，我知道爸媽都為我的成績不開心。越是他們沒有罵我，我越是覺得對不起他們。究竟我有沒有能力，像弟弟那樣，也能夠使他們高興一番呢？無論如何，我會盡我的能力讀下去！

跟着來的是一段困難的日子，媽媽進醫院生小孩，全家都為一個小妹妹的出世而興奮，爸爸卻在醫院的石階上嚴重地扭傷了腳，要在家休養。買菜、煮飯、洗衣、拖地、

探望母親……大部分的家務，都落到我身上。

我終於發覺，我在家務方面的能力，要比弟弟強得多。我放學後順路買菜帶回家，洗乾淨之後，爸爸瘸着腿把菜煮熟，大家草草吃了之後，弟弟洗碗，我就送湯到醫院給媽媽喝。回家之後，我還要把洗衣機裏洗好的衣服晾到露台去。我做得有條不紊，妥妥當當。有時弟弟也會幫我，卻顯得笨手笨腳。

媽媽出院的日子到了，我到醫院幫她拿東西。在等候辦手續的時候，我有機會仔細端詳了我的小妹妹。她也有一對像媽媽的大眼睛，鼻子是高是矮還看不出，卻會甜甜的對着我笑，真是可愛的小妹妹。

媽媽回到家裏，看見嬰兒牀抹得乾乾淨淨的，上面鋪着整整齊齊的牀褥、枕頭和毛氈，牀頭還掛着有趣的玩具。紙尿片、奶瓶、奶粉、嬰兒肥皂、洗頭水、爽身粉……都準備周全。媽媽不禁歡喜地説：

「想不到你們幾個男人，辦得這麼周到呀！」

爸爸眉開眼笑地看着熟睡的小妹妹説：

「都是她大哥預備的。這段時間倒是辛苦了之華了。」

媽媽把小妹妹舒舒服服地放在小牀上之後，把我拉過去，雙手摟着我説：

「之華，你這樣能幹，我真開心！謝謝你呀，之華！」

我鼻子一酸，差點掉下淚來。我終於能使爸爸、媽媽開心了。

為了把話題岔開，我説：「小妹妹取了名字沒有？我們總不能老是叫她小妹妹呀！」

「我想到了！」弟弟忽然嚷着説，「就叫她『花生』吧！」

媽媽啐了他一口説：「這算什麼名字！花生瓜子的，讓人家笑話。」

弟弟説：「誰敢笑話，許地山先生就替自己取了個筆名叫『落華生』，『華生』也就是『花生』，誰笑話他了！哥哥是『芝麻糊』，我是『杏仁糊』，再加上妹妹的『花生糊』，我們一家就更加甜甜蜜蜜了！」

名家導讀

故事老人的智慧故事

陳華英

　　一幢兩層高的小洋房，一個瘦削的身影坐在窗前，望着窗外的雲光霞影，嗅着屋外三色玫瑰的芬香，思想騁馳於天地之間，簌簌地寫下千百篇兒童故事。這是誰？這就是阿濃。

　　阿濃是兒童文學的前輩，是充滿智慧的長者，更是滿肚子有趣故事要告訴孩子們的爺爺。在這本書中，他以「故事老人」的身影遊走二十二個童話之中。

　　書中的童話，充滿了對大自然的熱愛，對小動物小昆蟲的關懷，對美好事物的嚮往。如《花門頂郵局》、《我的尾巴》、《黃玫瑰的等待》、《清晨的露珠兒》、《離去的日子》等篇。

　　阿濃的童話，還充滿了反諷。在《公雞怕失業》中，公雞清晨的啼叫，令遲睡晚起的城市人覺得煩厭。後來，人們竟以公雞的啼聲作為催孩子睡覺的訊號。孩子們在笑聲中也會反思遲睡晚起是否違反了大自然的規律。又如在《螞蟻和蟈蟈》中，螞蟻辛勤工作，衣食無缺；蟈蟈酷愛唱歌，飢寒交迫。但由於蟈蟈專心練唱，後來

成為千萬人偶像的紅歌星。故事開擴了家長和孩子的視野——發展自己的愛好也可以成為職業，不必千篇一律走一般人的路。

阿濃的童話，貼近現代生活。如《池邊的一夜》、《樹下的夢》、《獨孤先生》、《矮屋的故事》等篇都從舊區的拆遷和懷念昔日的美好，引領小朋友思考城市的重建和大自然保育間的平衡。

阿濃的童話，也充滿哲理。如《惡夢枕頭》，以一個能提供人甜夢或惡夢的枕頭的故事，使孩子們明白美好的幻想替代不了現實，應面對挫折迎向生活。明白這個道理便不會有「宅男」的出現。

書中二十二個故事，閃爍着智慧和反思，對真善美的追求。如果家長和老師們，希望孩子成為一個熱愛大自然，有獨立思考，有普世價值，健康快樂的人，阿濃的童話精選便是最好的選擇。

陳華英

兒童文學作家、專欄作者，曾任中文及音樂科教師、電台編劇、香港兒童文藝協會理事，現為加拿大華裔作家協會副秘書長。已出版著作及合集逾五十種。

池邊的一夜

這是一個大城市的古老地區，居民最近遷出，等待重建。

在這地區的一角，有一座小小的公園，長着幾棵老樹，擺着幾張破椅。

公園的中間，有一個小小的水池，開着幾朵寂寞的蓮花。一隻老蛙躲在蓮葉底下，偶然鼓着肚腹，閣閣的發幾句牢騷。

水的中央，堆着幾塊形狀奇怪的石塊，上面長滿了青苔。

這個晚上，池邊出奇的熱鬧，男男女女，十個小孩坐在池邊談天。他們本來都是這一區的居民，搬走之後，各散東西。為了對往日的鄉情和友誼表示懷念，相約到這裏聚一聚。

年紀最大的志剛説：「這水池本來有一道噴泉，水從池中間石塊的孔隙中噴出來，時高時低，很是好看。」

一個叫倩敏的女孩子説：「這水池沒有裝上任何機器，也不見一條喉管，怎麼會有噴泉呢？」

志剛説：「聽父親和爺爺他們講，是一位聰明的居民，利用一股地下水的天然壓力造成的。後來他離開了這裏，噴泉也就不再噴水了。」

「真可惜呀！」大家忍不住同聲説。

這時一個老人走進園子，他也走近池邊，望着那幾塊形狀奇特的大石説：

「真可惜呀！」

「他是誰？」孩子們互相問訊，可是誰也不認識這個陌生老人。

陌生老人對孩子們的奇異目光毫不在意，他緩緩地在一張破椅上坐下，從手上的布袋裏拿出一管笛子來，放到嘴邊，輕輕地吹起來。

笛子的聲音清脆悅耳，曲調也輕快動聽，十分活潑。老人越吹越快，忽然吹出一個尖拔的高音，跟着是孩子們一聲聲的嘩叫和歡呼。原來幾道泉水這時從石塊的孔隙中噴射而出，而且隨着笛聲忽高忽低、左搖右擺的跳起舞來。

孩子們看得癡了。卻聽見笛聲漸漸低微，原來那老人一邊吹着笛子一邊走了。到笛聲完全聽不見時，噴泉也完全停歇。

孩子們回家把這件事告訴大人，大人都不相信。只有志剛的爺爺仔細查問那老人的樣貌，他懷疑這老人便是那位建造水池的居民，因為那人當年也吹得一手好笛子。

我的尾巴

　　我的名字叫蜥蜴，家族很大，有的住在叢林，有的住在人類家裏。

　　我和爸爸媽媽就是住在人類家裏的，因為我們喜歡爬在牆上，所以人們又叫我們壁虎。

　　我們最喜愛的食物是各種各樣的小飛蟲，包括蒼蠅和蚊子，所以其實我們是人類的朋友。可惜人類似乎對一切蟲類都沒有好感，加上我們的樣子他們受不了，我們太像古代的恐龍了。他們害怕恐龍，因此也害怕我們。

　　太太小姐們一看見我們就高聲尖叫，老爺先生們一看見我們就亂拍亂打，其實都是害怕我們的表現。

　　我們從不侵犯他們，只是躲在門背櫃後，找點可吃的東西。

　　那個晚上，我藏在一個男孩子的書桌後面，枱燈的燈光引來不少小昆蟲，只要牠們一掉進書桌與牆壁的空隙，就做了我的晚餐。

　　後來這男孩的一枝鉛筆掉進了這縫隙，他拉開書桌來尋，一拉開便發現了我。

　　他雖然害怕，卻仍大着膽子，除下拖鞋，向我便打。

　　急忙中我拿出我們家族中逃生的最後

一招，便是挣斷我的尾巴，引開敵人的注意。

我的尾巴雖然離開了我的身體，卻仍然能夠蹦蹦跳跳。

到那大男孩發現在他的拖鞋旁邊又扭又跳的只是我的尾巴時，他忽然尖叫一聲，掩住兩耳。

我知道這是什麼原因，根據傳說，我們的尾巴會一跳很高，鑽進他們的耳朵，這就是他掩住耳朵尖叫的緣故。其實我們的尾巴哪有這樣的本領。

經過這次驚險，爸媽叫我躲在最安全的地方，不要隨便出去。

躲了幾天，我開始覺得日子過得很悶，要求爸媽准我出外玩耍。

爸媽一齊搖頭說：「還不行！」

又躲了幾天，我心裏煩躁得不得了，再要求爸媽准我出去。

爸媽又一齊搖頭說：「還不行。」

我是一個聽話的孩子，於是又耐心等了一個星期。終於有一天他們對我說：「你可以出去了，不過仍要小心。」

我看看我的尾巴，原來一條新的已經長出來了。

樹下的夢

　　華華的家在學校附近，雖然正在放暑假，炎熱的下午，他仍會帶一本故事書到學校去，坐在校園一角的樹蔭下，享受樹上的蟬鳴和不時吹來的涼風。

　　這是校園最特殊的一個角落，泥地上雜草叢生，破籬笆上牽牛花自開自謝。聽說那年學校籌了一筆錢建造校園，由於材料和工資漲價，錢不夠用，一部分工程不能完成，便留下了這個角落。

　　不過同學們卻都喜歡到這裏來玩，追蜻蜓，趕蝴蝶，捉草蜢，鬥金絲貓。

　　華華看了一會兒書，涼風使他舒服地閉上了眼睛……

　　「華仔，華仔，別睡啦，我有話跟你說。」一個老聲老氣的喉嚨在叫他。

　　「你是誰？你在哪裏？」華華不見附近有人。

　　「我是肥蛙，你的好朋友，我在草叢裏。」

　　華華俯下身子，果然見肥蛙蹲在草叢中看他。

　　「華仔，我是來向你告別的，以後我們再不能在一起玩啦！」肥蛙苦着臉說。

　　「還有我們，再沒有一塊泥地給我們居住，我們也要走啦！」幾條蚯蚓無奈地

扭動着身體。

「最不幸的是我們還沒有到日子蛻變的弟妹，牠們居住在地底下，一蓋上水泥，就再也不能出來啦！」一隻蟬兒蹲在樹幹上傷心地説。

「為什麼會這樣？究竟發生了什麼事？」華華關心地問。

「我們也會被連根拔掉。」幾棵野菊低下了頭。

「我們從此失去了家園。」幾隻草蜢抹着眼淚。

「我們飛來時再找不到舊日的好友。」兩隻蝴蝶輕輕歎氣。

「為什麼？為什麼？」華華大聲嚷道。

他從夢中醒來，見兩個建築工人，正推着一批工具和幾大包水泥進來。

校園的最後一幅泥地，暑假後將會消失。

公雞怕失業

大約在早上兩點鐘左右，公雞的喉嚨發癢，便伸長脖子高叫了：

「喔喔喔！」

黃狗給他吵醒，憎厭地説：

「公雞，你真煩！每天早上都給你吵醒！」

花貓也不耐煩地掩着耳朵説：

「真討厭！一早練什麼歌？要練到卡拉 OK 去！」

公雞的妻子母雞也嘰嘰咕咕的埋怨説：

「看，個個都嫌你吵，你就收聲吧！」

公雞的自尊心受到傷害，漲紅了臉説：

「各有各的職責嘛，黃狗牠看門，花貓牠捉老鼠，我的工作是報時，河水不犯井水，他們憑什麼干涉我！」

黃狗冷笑説：

「報時？這是什麼時代？人家沒有鬧鐘麼！」

公雞最怕人家提及「鬧鐘」兩字，自從有了這東西，他們公雞一族就面臨失業的威脅。於是他做了個不屑的表情説：

「鬧鐘？靠不住的傢伙！有時走慢了，有時不會響，哪像我們三百六十五日，風雨不改，一到時候便叫！」

花貓掩着耳朵還聽見他們爭論——她的耳朵實在太好了，忍不住說：

「公雞，不是我說你，你的叫聲毫無意義！有人那麼早起牀做工麼？有人那麼早起牀上學麼？有人那麼早起牀下田麼？你只是擾人清夢！我們有權到警署投訴！」

公雞一時無話可說，雖然喉嚨仍癢，還想高叫幾聲，也只好忍住了。

這天他垂頭喪氣，完全失去了平日昂首闊步、顧盼自豪的風采。

第二天早上兩點鐘左右，公雞由於習慣，一早醒來，喉嚨發癢，又想高叫，可是他想：「我的叫聲真是毫無意義嗎？」

不過他最後還是忍不住了：

「喔喔喔！」叫得比平日還響。

只聽見左面屋裏張師奶對她的女兒說：

「雞都叫啦，你還在讀書，快上牀睡吧！」

又聽見右面屋子裏李大嬸在罵她的兒子說：

「雞都叫啦，你還在看電視！快去睡！」

公雞高興地想：「誰說我的叫聲沒意義！」他又伸長了脖子：

「喔——喔——喔！」

百足的煩惱

蚯蚓在草地的一角遇見百足，看著牠腳步整齊地向前爬行，不禁羨慕地說：

「百足先生，上天真不公道，給了你那麼多的腳，卻一對也不給我。」

「蚯蚓兄，你有所不知，其實多有多的麻煩，腳太多，帶給我不少苦惱。」

「百足先生，你走路的時候真壯觀，那麼多的腳一齊行動，好像一隊士兵大操。我走路的時候要努力扭動身體，實在難看。腳多好辦事，你有什麼苦惱？」

「蚯蚓兄，舉個例來說吧：那天蝸牛先生問我，走路的時候，哪一隻腳先走？哪一隻腳後走？次序如何？這一問就把我問傻了。我真的不知道我走路的時候用哪一隻腳開步，然後是哪一隻跟著。結果被他嘲笑了一頓。」

「唉，蝸牛真多事，他背著房子走路，吃力死了，還要笑人！」

「蚯蚓兄，可是他的問題我忘不了，我不停的思考這個問題，有時連路也不會走了。必須要暫時不去想它，才可以自然地開步。」

「百足先生，人類有一句話，叫做『聽其自然』，哪一隻腳先走後走，有什麼關係呢？只要能走就好，你不要再為這個問

題苦惱了。」

「蚯蚓兄，還有一種苦惱，想聽其自然也不行。我患了一種皮膚病，叫香港腳，一發作時，那麼多腳一齊癢，也不知抓得哪一處！」

「百足先生，你要去看看皮膚醫生呀！」

「看過啦，醫生説這種病很難徹底醫好，他見我腳多，給我一大盒藥膏，藥費比別人貴幾十倍。」

「那倒是一筆不小的支出啊！」蚯蚓開始慶幸自己永遠不會生香港腳。説再見之前，他隨口問道：

「百足太太好嗎？為什麼不見她出來散步？」

「唉，她忙得不可開交呀！她要幫我們兩個孩子剪腳甲，不讓它們長得太長。那麼多的腳，才替兒子剪好，女兒的腳甲又長了；替女兒剪好，兒子的又長了。光是做這樣，別的事也不用做了。」

蚯蚓想起太太可以悠閒地在家裏看錄影帶、唱卡拉OK，覺得還是沒腳來得輕鬆自在。

他一扭一扭的走回家去，自言自語的說：「人類有句話說：『知足常樂』真有道理，我要為這句話改一個字，叫『無足常樂』，境界更高了，哈哈！」

花門頂郵局

　　小街上有一間郵政局，郵政局的大門門頂有一道水泥遮雨簷。遮雨簷長十尺，闊兩尺。這條街道附近曾經有一個建築地盤，塵土飛揚，使簷頂的泥塵越積越厚。

　　下了幾場小雨，簷頂的泥塵濕潤，不知是風吹來還是鳥兒銜來的草種、花種，竟漸漸萌芽生長起來。

　　花草越長越壯茂，不但有葉，而且還開了彩色繽紛的花。花兒越開越盛，大門頂形成了一個花篷。

　　這間郵局本來用街道做名字，自從門頂出現了美麗的花篷之後，人們漸漸把它叫做「花門頂郵局」。一些遊人經過，還在門前拍照留念。

　　日子一天天過去，郵局所在地的那間大廈裝修，外牆全部重新髹漆。

　　到髹漆完畢，拆掉棚架之後，人們才發現遮雨簷頂的花草已被完全清除。

　　雖然整間大廈煥然一新，人們對着光禿禿的簷頂，卻覺得十分不慣。

　　不止一位居民曾經對郵局職員說：「那些美麗的花草，為什麼不讓它們留着？」

　　郵局職員也表示遺憾，說這是大廈業主跟裝修工程公司之間的事，他們也想不到會這樣。

奇怪的是兩個月之後，簷頂又出現了絲絲綠意，再過一個月，竟然又恢復了從前的彩色繽紛。

住在郵局附近的居民都很滿意，他們仍然叫這間郵局做花門頂郵局。

沒有人知道，這批花兒草兒的出現，要多謝一羣鳥兒的辛勞，牠們有燕子、麻雀、喜鵲、了哥、斑鳩⋯⋯是牠們啣了泥來，再加上花草的種子，重建了這個花篷。

牠們還準備多找幾個簷篷，一樣的啣泥播種，把光禿禿醜樣的建築，變為美麗的半空小花園。

我們還得到一個好消息，一位建築師設計了一處大型屋邨，這屋邨所有的房子，或在門頂，或在窗下，都有預先做好的花槽。裏面有泥，只要播下種子或插上秧苗，很快就會出現一間間被花朵裝飾的屋子。

這位建築師的靈感，便是來自花門頂郵局。

路邊公務員

馬路邊站着一高一矮、一胖一瘦兩位穿紅色制服的公務員。

那又高又胖的是郵筒，每天不停地有人把信件拿來餵他，吃得他飽飽的。要等郵政局的人員來替他清理腸胃。

郵政局的人員一天來兩次，每次都把一大袋信件搬上車。

聖誕節快到的時候，來餵郵筒的人更多，那些信件一直滿到信箱口，塞也塞不進去，使郵筒肚皮脹得很辛苦。

以前郵筒的身材是比較苗條的，後來因為香港人的郵件愈來愈多，郵筒的老闆就為他改變了身型，變得又大又胖。郵筒雖然心中很不願意，卻也無可奈何。

郵筒身邊的那位矮子先生卻是清閒得很，整天呆呆地蹲在那裏，無所事事。

有一天，郵筒忍不住對他的鄰居說：

「喂，老兄，其實你是幹什麼的？」

矮子先生悶聲不響。

「你是一張凳子麼？我見有時有人坐在你的光頭上。」

矮子先生仍是緘口不言。

「難道你沒有嘴巴麼？」郵筒生氣了，決定從此不再跟他説話。

那天郵筒附近的一間店舖忽然發生火

警，一下子燒得很厲害，火的熱力直逼郵筒，郵筒心中害怕，卻沒法走開。

幸好消防員很快便來到，他們熟練地擰開那矮小朋友身上的一個蓋子，立即有水嘩嘩的噴出來。消防員再在那噴水口駁上一條喉管，把水輸到消防車上，消防車很快便開始工作，把火撲熄了。

事後郵筒對他身旁的矮子朋友說：

「老兄，失敬了，原來你是有重任在身的。你平時不說話，可是在有需要的時候，一開口便滔滔不絕。你這種謙虛的態度真值得我學習呀！」

其實這位矮子朋友也悶得慌，很想跟身邊的朋友談天，只是他的嘴巴被人封得很嚴，被逼扮演沉默的角色啊！

黃玫瑰的等待

校園的一角有一個小小的玫瑰園，生長着十來棵不同顏色的玫瑰。

如今紅玫瑰、白玫瑰、紫玫瑰、粉紅玫瑰都燦爛地開着，只有黃玫瑰還緊緊地捲着苞兒。

「喂，黃玫瑰妹妹，你還等什麼？我們大家都已經把花兒開啦！」紅玫瑰催促着說。

「我在等她，她說過要來看我的。」黃玫瑰幽幽地說。

「開學已經好幾天啦，也不見她來，說不定她已經把你忘記啦！」白玫瑰冷笑着說。

「不會的，我知道她根本沒有上學，如果她上學，一定會來看我的。」黃玫瑰說得很有信心。

「說不定她病了，病好之後便會回來。」粉紅玫瑰安慰她說。

「如果她病了，我真希望人家把我摘下來，去探望她。」黃玫瑰歎了一口氣。

「你再不開，便會凋謝在枝頭，再沒有機會開了。」紫玫瑰擔心地說。

「我一定要等她！」黃玫瑰低下頭哭起來了。

黃玫瑰等待的是一個很可愛的小妹妹，

她每天都到玫瑰園來，她不止一次勸告頑皮的小男孩不要傷害剛好種在路邊的黃玫瑰，在玫瑰們都打了朵兒時，小妹妹說過：她最喜歡的是黃玫瑰，到它開放時，要來拍張照片留念。

黃玫瑰生病了，一點精神也沒有，花苞的邊開始枯焦，同伴們見它這樣，都搖頭歎息。

那天它半睡半醒的忽然聽到一個期待已久的聲音：

「哎呀！為什麼我的黃玫瑰還沒有開？可憐它生病啦！」

黃玫瑰霍的醒了，是的，這不是做夢，可愛的小妹妹來看它了。

好幾個同學圍着小妹妹，要跟她拍照。

「你幾時起程？坐哪一班飛機？」有人問。

「我明天便起程，你們要上課，不要來送機啦！」小妹妹説。

「啊！我的黃玫瑰開啦！它剛才還是合着苞兒的！它是在等我回來呢！」小妹妹興奮地説着、跳着。

大家讓小妹妹蹲在黃玫瑰旁邊拍照留念，那最大的一朵上有兩點水珠，大家都以為是露珠，其實清晨的露水早已隨着陽光蒸發啦。

醜小鴨

　　從前有一隻鴨媽媽，一窩孵出了好幾隻小鴨子。其中有一隻身子最大，樣子最醜。大家就叫她醜小鴨。

　　醜小鴨因為樣子生得古怪，受盡了兄弟姊妹的欺負和左鄰右里的嘲笑，決定偷偷地出走。

　　外面的世界很大，而且充滿了危險。醜小鴨十分幸運，一次又一次的逃過。

　　日子一天天過去，醜小鴨一天天長大。終於有一天，她從水中的倒影，看到自己原來已經不再是一隻醜八怪，卻是一隻美麗非凡的白天鵝。

　　這個故事你或許聽過，下面的事情只有阿濃知道：

　　醜小鴨變成的白天鵝不久認識了一位男朋友，一隻同樣美麗的天鵝，後來他們結婚了。

　　婚後的日子很甜蜜，很自由。

　　可是天氣一天天變冷，他們決定跟其他天鵝聯羣，飛到比較溫暖的地方去。

　　有一個問題使他們煩惱，便是醜小鴨變成的天鵝快要生孩子了，她不能把孩子生在旅途之中，缺乏母親的照料。

　　她靜靜地飛去童年的住所，噢，一個引起許多回憶的地方。

兄弟姊妹們都已不在，他們一定個個長大了。媽媽呢？為什麼不見她的蹤影？大概出外找食物了吧？

啊，媽媽的窩還在，裏面已經有好幾隻蛋，唔，還暖暖的呢，大概她剛剛孵過。

醜小鴨變成的天鵝走進窩裏。她離開時，窩裏多了一隻蛋，比別的都大。

「再麻煩你一次了，好媽媽！」

她在心裏說，帶着一點歉意。跟着展開美麗的翅膀飛上天空，她的丈夫已在等她上路。

螞蟻和蟋蟀

螞蟻和蟋蟀住在一條村裏，螞蟻一天到晚忙着儲藏穀粒，準備過冬；蟋蟀卻老是在那裏唱歌。

冬天終於來了，一個晴朗的日子，螞蟻把儲存的穀粒搬出來曬。一隻餓得有氣沒力的蟋蟀剛好走過。

「螞蟻先生，您好！」蟋蟀説，「可不可以借一點糧食給我？我兩天沒有東西吃了。」

「夏天的時候，田裏有的是糧食，那時候你幹什麼來着？」螞蟻故意問。

「我在練歌，我是從早唱到晚，再一夜唱到天亮。」蟋蟀一説到唱歌，連肚子餓也忘記了。

「噢，原來如此！你既然唱着歌兒消夏，就不妨跳着舞過冬吧。」螞蟻説。

這個故事你或許聽過，下面的事情卻只有阿濃知道：

螞蟻常常把這件事作為教訓，講給兒女聽，他説：「不是我借了一些糧食給他，蟋蟀怕早已餓死了。」

日子一天天過去，唱歌忽然成為風氣，紅歌星的演唱會票子十分搶手。

有一天，螞蟻的孩子們要求父親讓他們去聽歌，一兩穀子才換到一張票。螞蟻

先生捨不得，孩子們十分的不高興。

這時有人敲門，送來了一籮穀子，還有四張演唱會的入場券。原來蟈蟈已成了紅歌星，他附來的短束上寫着：「敬請光臨！」

螞蟻先生一家去欣賞了十分成功的演唱會。後來他一樣對兒女們説這個故事，不過加了一條尾巴：

「藝術工作也是一種對社會有貢獻的勞動，不過成功不靠僥倖，蟈蟈今天的成就，是用差點餓死的代價換來的。」

拔蘿蔔

大家一定聽過「拔蘿蔔」的故事了：有人種了一棵大蘿蔔，你來拔，拔不出來；我來拔，也拔不出來。後來大家一同來拔，那顆奇大無比的蘿蔔就被拔出來了。

阿濃今天說的拔蘿蔔的故事，跟這個差不多，只有一點點不同。怎樣不同，要請你看下去才知道。

話說有一年，白兔農莊裏種出來一顆大蘿蔔，光看它露出泥土的頂部，就有水缸那麼大。

大家都在等待一個收割的日子，要把這顆大蘿蔔拔出來，秤一秤看有多重？能不能破健力士世界紀錄？

收割的日子終於到了，彩旗招展，鑼鼓喧天，差不多整個農莊的成員都來了。

一把大秤吊在一棵大樹上，只等蘿蔔拔出來之後，抬到河裏洗乾淨，就可以秤出它的重量。

時間到了，一陣使人心情緊張的鑼鼓聲響過之後，村裏氣力最大的八位兔子，一個拉着一個，同聲發力，可是那蘿蔔卻是動也不動。

莊主說：「看來要全體總動員了，大家一同來拔吧！」

所有在場的兔子，不論男女老幼，都

一齊下到田裏，發出「杭唷！杭唷！」的呼聲，想把蘿蔔拔出來。靠近蘿蔔的泥土開始鬆裂，可是蘿蔔依然不肯出來。

「還有誰在家裏沒有出來？請他們也來幫忙！」莊主說。

「大家都到齊了，只差阿短。」副莊主說。

阿短是農莊裏最瘦弱的一隻兔子，而且兩隻後腳一長一短，走起來一跛一跛的。他白天喜歡躲在家裏，晚上才偶然出來走走。

「那麼快請阿短來幫忙吧！」莊主說。阿短一跛一跛的來了，大家鼓掌歡迎。於是阿短加入了拔蘿蔔的隊伍，一陣鑼鼓聲響過之後，敲鑼的和打鼓的也加入戰團，在連聲用力的呼喊之後，一顆大蘿蔔被拔了出來，有一隻小牛那麼大。大家歡呼着抬起了阿短，還有人帶頭喊道：

「阿短，好嘢！阿短，好嘢！」

把阿短的眼淚都叫出來了，他臉上的表情又像在哭，又像在笑。

望夫石的話

我很小很小的時候，就在往沙田的火車上、巴士上認識了這個女人，知道了她的故事。

她是站在望夫山頂的女人，盼望着遠行的丈夫回來，一天又一天，終於在一場風雨雷電之後，連同她背上的嬰兒，化成了這座石像。

石像遠眺着沙田海，那煙水迷茫的盡頭，也不知經歷了多少歲月。

如今我漸漸老了，在火車上，在巴士上，我仍常見年青的父母，指點着告訴他們的小孩：

「望夫石，一個女人，背着孩子，盼望着……」

一個完全沒有遊人的日子，我獨自來到了望夫石邊。她比在山下看要巨大得多，甚至不再像一個背着孩子的婦人，可是那盼望的精神還在，她固執地挺立着，像是強忍着痛苦的煎熬。

我走得有點倦了，把額頭抵着巨石，閉起眼睛來休息。

「這許多年，你辛苦了！」我對着巨石自言自語。

可是，我忽然感到巨石起了震動，在她裏面發出聲音，不是傳進我的耳朵，卻

是直接傳進我的心中，那聲音說：

「是的，我真想休息一下。」

「那你快坐下來歇歇吧，你站在這裏怕有百年千年了。」我說。

「是的，我真想坐下來歇歇，我要放下我背上的孩子，把他抱在我懷裏，親他、吻他。」那聲音說。

「那麼，你為什麼不呢？你的孩子一定渴了、餓了！」我說。

「因為我的時間已經被凝結，凝結在雷電交加的那一刻，除非⋯⋯」那聲音說，我還彷彿聽到嬰兒的啼哭。

「除非什麼？」我問。

「除非這個城市所有被盼望的人，都回到他們的親人身邊，再沒有等待的焦急，孤單的眼淚。」那聲音說。

「會有這一天嗎？」我問。

「誰知道呢？」

石人發出一聲長長的歎息，便寂然無聲，只有風吹樹木，發出沙沙的微響。

獨孤先生

　　從前有一個很熱鬧的城市，熱鬧不但由於人多，還由於這些人喜歡一窩蜂去做一件同樣的事。

　　城市的邊緣有一座高山，山上有一間小小的屋子，屋子裏住着一位獨孤先生，不論山下發生什麼事，獨孤先生總是依然故我：種菜、讀書。

　　山下曾經狂熱地玩一種炒股票的遊戲，工廠裏沒有人做工，家庭裏沒有人煮飯，大家都擠在一個個叫「金魚缸」的地方，瘋狂地叫呀、嚷呀、買呀、賣呀！

　　獨孤先生每天早上在田裏種菜，出一身汗；下午在家裏看書，每有領悟，便會心地微笑。

　　後來炒股票遊戲炒出了一場災難，許多人由富人變成窮人，還欠了許許多多的債。不過這對獨孤先生沒有什麼影響，只不過有兩個人因為要避債曾經逃到山上，獨孤先生曾經招呼他們吃過一頓粗茶淡飯。

　　山下又曾經玩一種炒地產的遊戲，滿街都是排隊買樓的人龍，連老婆婆和小孩子也出動，大家索性在街上吃飯、睡覺，最熱鬧的時候街上的人比家裏的人還要多。

　　獨孤先生還是一樣的種菜、讀書，發現屋子漏水的時候便自己修葺，疲倦了便

懶懶的躺在牀上，欣賞屋外傳來的鳥鳴和若有若無的花香。

山下流行的事有大有小，無奇不有。譬如其中一種叫腳板按摩，據說能治百病，於是出現了各式各樣的按摩器材，人人大做腳板底功夫，再沒有人的腳板底怕搔癢了，小朋友少了一種作弄人的玩意。

獨孤先生每天赤足下田，又走一段鵝卵石鋪的小路到河裏洗腳，他不須買什麼按摩器材，因為他的腳底已經有足夠的按摩。

可是獨孤先生怎麼也想不到，城市人忽然流行自己種菜，滿城開設了種菜商店，供應菜種、肥料和農具。電視、電台天天都播出種菜的節目，出現了種菜博士和明星。

城市裏哪有這許多種菜的土地，終於獨孤先生發覺自己每天都被喧鬧的人羣包圍，數以千計的人湧上山來，弄得山上烏煙瘴氣。

終於有一天，人們發現獨孤先生的房子空了，沒有人知道他去了哪裏。

矮屋的故事

從前有個老頭子，妻子死了，沒兒沒女，只有一隻老狗、一隻老貓，陪伴他在一起。

他住在一幢兩層高的樓房裏，屋前有個小小的花園，園裏有個小小的魚池。

本來這條街上，全都是這種兩層高的樓房，後來一間間被人收購，改建成五十層高的大廈。

不止一個地產集團，曾經來跟老人商量，願意出很高的價錢，向他購買這幢樓房。如果老人喜歡，也可以在新屋建成之後，任他選擇兩個最好的單位。

可是老人連聽的興趣也沒有，根本拒絕作任何考慮。他對那些人說：「我要住在這間屋裏，直到我死的一天。」

結果是前後左右都建造了高高的樓房，老人只剩下頭頂一片青天。他覺得自己好像住在井底，因此為自己的房子寫了一塊牌匾，牌匾上寫的是「蛙室」，他甘願做一隻井底的青蛙。

他每天晚上都會躺在天台的籐椅上看星，正如他對老狗、老貓自說自話所講：「這叫做坐井觀天。」

四周的高樓還帶給他不少煩惱，數以百計的冷氣機都開向他這間矮屋上面留下

的空間。許多垃圾廢物從高處擲下，使老人每天都要打掃一番。

不過這間矮屋漸漸成為這條街的風景，許多住客喜歡繞着它散步。當有朋友來探訪他們時，也會帶他們看看這間特別的屋子。當朋友們對這間美麗的屋子表示欣賞時，大廈的住客好像也有一份榮譽。

一些改變在慢慢進行，矮屋的上空已經沒有垃圾擲下。雖然不少人帶着狗隻在矮屋的四周散步，卻並沒有留下牠們的糞便。

日子一天天過去，老狗、老貓先後死去，老頭子也度過了他最後的一天。他無兒無女，鄰居們擔心這間矮屋的命運。

後來有一天大家看見，市政局*派人來在門口掛上一塊招牌，上面寫着「家居博物館」，原來已經列為要保護的歷史文物單位，當局在修葺整理之後，會向公眾開放。這是老頭子的捐贈，是他生前去市政局表達的意願。

---

*市政局：前身為一八八三年成立的「潔淨局」，負責香港的食物衛生、環境清潔、文娛康樂等市政服務。後來成立「區域市政局」分擔新界區的市政服務，而原本的市政局就負責香港島和九龍區。市政局和區域市政局都在一九九九年底解散。

惡夢枕頭

小鎮的墟日，有人運了幾十個枕頭來賣。式樣精美，彈性適中，睡在上面一定很舒服。

枕頭的價錢很貴，因為賣枕頭的説，這些枕頭能帶給你好夢。想發財的，夢中會中六合彩；想做官的，夢中位居要職，扶搖直上；想娶親的，夢中做了新郎，妻子又美麗又賢惠。

這小販一向老實，他説的話一定不假，因此枕頭雖貴，還是很快賣光──不，只剩下一個。

這剩下的一個枕頭，小販並不熱心去賣，因為他走過許多鄉鎮，賣過許多枕頭，卻始終不曾碰上有願意買的顧客。

原來這個枕頭跟別的枕頭不同，在它的標簽上有個「惡」字，而別的枕頭，標簽上卻是「美」字。別的枕頭帶給使用者一個個美夢，夢中笑着醒來；這個枕頭帶給人的卻是惡夢連連，嚇得你一身冷汗，心兒卜卜跳。更沒道理的是這個枕頭比別的枕頭價錢還要貴。

不過「惡夢枕頭」終於有人買了。買主是三個喜歡惡作劇的小伙子，他們把它當作生日禮物，送給他們的一個朋友──大牛。

大牛不知道枕頭的古怪，還歡喜地向他們致謝。

三個惡作劇的小伙子各自擁有一個美夢枕頭，他們每晚都做着開心的好夢，因此他們相信，大牛一定每晚在夢中受苦。他們故意旁敲側擊，問大牛晚上睡得可好？大牛説一覺睡到天亮，只是夢裏面都是些倒霉事情，不是失敗，便是碰釘，三人聽了暗暗偷笑。

時間過得很快，不覺一個月過去了。三個惡作劇的小伙子都變得情緒低落，他們心情煩躁，無心工作，對什麼都不滿意，不是唉聲歎氣，便是亂摔東西。這因為他們在夢中，一切是那麼美好，想要什麼便有什麼，過的是比帝

王還要如意的生活。可是夢醒之後，一切都化為烏有，照樣上班下班，面對沉悶的工作，要看老闆的臉色。

大牛卻是生活得開心滿足，因為每晚從惡夢中醒來之後，現實生活便顯得特別美好。他臉上帶笑，還哼着輕鬆的小調。

又是一個墟期，賣枕頭的小販又來了，三個喜歡惡作劇的小伙子齊來問他：

「還有沒有惡夢枕頭？」

樹下老人

大城的旁邊有一條小河流過，河邊有一棵大樹，不知從哪一年開始，樹下便坐着一個老人。

他隨着太陽出來，太陽下山他便回家。

樹下有一間小小的茅屋，老人在裏面躲雨、烹茶。

大部分的時間他都坐着，坐得倦了，他也會從頭到尾打一套太極；天氣溫暖的話，他又會脫剩一條短褲，到小河裏游泳。

也不知道從哪一年開始，老人的耳朵聾了，眼睛也看不清楚，不過他的腰板仍然很直，硬挺挺地坐在那裏，姿態實在漂亮。

人們經過樹下，都喜歡跟他招呼，可是他已經不能與人對談，因為他不知道你在說些什麼。

不過人們發現，從去年的某一天開始，他每天從早到晚，只說一句相同的話。到了第二天，他又會說新的一句。

大城一間電台的節目主持人，每天上班之前都會經過河邊，當他跟樹下老人打招呼時，老人便會送他一句。

有一天老人說：「天空真藍！」

節目主持人抬頭一望，天空真的藍得可愛。他想：在這大城裏，有多少人懂得抬頭一望？他便把老人這句說話，在他的

節目中說了出來。結果這一天全城有許多人欣賞了他們遺忘已久的天空，並且打電話到電台來表示感謝。

又一天老人說：「回家吃飯！」

節目主持人想：「應酬太多，真的很久沒有回家吃飯了。」

於是他在節目中說出他的感受，並且從空氣中告訴他的妻子，今天晚上會回家吃飯。

這個晚上，許多家庭都增添了快樂的氣氛，因為丈夫或父親肯早早的回來吃飯。

　　節目主持人收到許多電話和來信，要求他每天都能夠告訴大家，當天樹下的老人，又說了一些什麼？

　　要求被接納了，這個節目成為電台最受歡迎的節目。

　　好像今天，天氣相當寒冷，老人把他坐的凳子搬到太陽底下，每個人經過他的身邊，都會聽見他說：「太陽真暖！」

雜草地上，露珠兒們都很焦急，因太陽公公已經從山那邊探出頭來了。

最多還有兩個小時，到太陽公公爬到樹頂上，把他們照射得光亮耀眼之後不久，大家就會突然地消失，你看不見我，我看不見你，連自己也看不見自己。

他們焦急，是因為這樣的生命太短促又太平凡了，他們盼望，在離開這個世界之前，能做點什麼，能留下一點什麼，甚至能多看到一點什麼也好。

他們互相祝福着，不論是誰，碰上好的運氣，大家都會為他高興。

兩個農夫抬着一籮菜，準備到市集去賣。

一羣露珠兒爬上了他們的衣襟。

「聽說市集上很熱鬧！」

「聽說吃的、玩的、用的東西都有。」

「再見了！再見了！祝大家好運！」

他們隨着農夫上路了，心裏只盼農夫們的腳步走快一些，怕的是市集還沒有到，他們已經消失了。

一個頸上掛着兩部照相機的人來到了露珠兒們聚集的雜草地，蹲下了身子，從那機器的孔洞中窺探着什麼。

「這些露珠真美！」他不停地在照相

清晨的露珠兒

機上撳着按鈕，花朵上、蛛網上、葉邊上的許多露珠兒都被他拍進了鏡頭，這使他們很興奮。

「我們再不會消失了！」他們嚷着。

大家都羨慕他們。

「時間不多了，假如要我們無影無蹤地消失在空氣中，不如鑽進泥土，到花草樹木的身體裏面遊歷一遍吧！」有些露珠說。

「這主意不錯，就請風姐姐幫幫忙吧！」

風姐姐真的很幫忙，她在雜草場上呼呼地跑了兩圈，無數的露珠兒掉下來鑽進了泥土。

剩下的是一些還不甘心的露珠兒，盼望在最後一分鐘出現奇跡。

一隻白鷺忽然降落在雜草地上，他的羽毛白得像雪。他站在那裏休息了一會兒，又舉起了他的翅膀。在離開草地之前，一小羣露珠兒及時跳到他的背上。

露珠兒隨着白鷺飛上了半空。

「世界真大啊！」

「世界真美啊！」

白鷺身子一抖，露珠兒們立腳不穩，從半空掉了下來，在未到達地面之前，他們已將消失。可是他們都微笑着說：

「我們真快樂呀！」

離去的日子

　　雖然孩子們還是捨不得，懇求讓他們再多呆幾天，蒲公英媽媽這次很堅決，她對大家說：

　　「該是出發的時候了，趁風姨姨經過，我會託她帶你們到稍遠的地方去。再不去，說不定明天下起雨來，打濕了你們頭上的茸毛，便沒法起程了。」

　　「我們不想到稍遠的地方去，我們想就在你的身旁成長呢，媽媽！」一個孩子說。

　　「是呀，我們捨不得你呀，媽媽！我們要留在你的身旁，我們可以每天看見你，我們可以像現在這樣談天。」另一個孩子說，其他的孩子也附和着。

　　「孩子，我也捨不得你們呢！不過前些時有人在這裏做過測量，說要把這裏變成什麼高爾夫球場，在他們的眼中，我們屬於雜草，是不容許生長的。孩子們，你們要去得越遠越好，別叫媽媽擔心！」蒲公英媽媽說。

　　「那麼你呢？媽媽！」一個孩子帶淚說。

　　「你們別難過也別擔心，他們還沒有這麼快動工，媽媽的年紀已經老了，沒有什麼可害怕的，我最不放心的還是你們。

記得：你們最好找一處偏僻的有陽光的山坡，在那裏安居，也讓你們的兒女，平平安安地在那邊生長。啊，風姨姨來了，是你們該去的時候了。」

行動敏捷的風姨姨呼的一聲來了，她笑着説：

「該上路啦，還捨不得麼？蒲媽媽，你放心，我會帶他們到一處美好的地方去，孩子們，你們也別難過，我會為你們傳話，告訴你們各自的消息，來吧，跟我一塊兒走吧！」

孩子們還有點依依，可是風姨姨袍袖一捲，就把孩子們送上了半空，最後的一個掙扎了一下，還是不得不放手。

蒲公英媽媽強忍着淚，以笑臉送她的孩子，在風中輕輕搖擺着；孩子們在媽媽的頭頂上打了一個旋，哽咽着一同呼喊：

「媽媽，再見，你要保重！」

風姨姨猛的一吹，孩子們就像一隊小傘兵似的，迎着陽光，向遠遠遠遠的山的那一邊飄去了。

小黑的「銀行」

小黑的主人住在海邊，所以小黑也住在海邊。小黑的主人愛在海邊散步，在沙灘上留下長長的腳印；小黑總是跑在主人前面，跑前去又跑回來，也在沙灘上留下許多腳印。

不過小黑有時也會獨自悄悄地到海邊來，他要到他的「銀行」去看看。

他在「銀行」裏儲蓄了三根骨頭，因為狗的財富是用骨頭計算的，就像人類用錢計算一樣。為什麼只有三根呢？因為小黑的數學成績不大好，他只能數到「三」，據說狗之中的數學博士可以一直數到「九」呢！

小黑的「銀行」在沙灘的一個角落，三根骨頭都藏在沙的下面，小黑每天最少到這裏來一次，把他的財富一根一根掘出來，排列在面前，由頭到尾數一數：一、二、三，然後這根咬咬，那根咬咬，才滿足地把它們再用沙埋起來。

不過今天發生了一件使小黑十分憤怒的事，他發現有賊來過他的銀行，兩根骨頭不見了，沙被扒開，剩下兩個空窪*。

小黑這裏嗅嗅，那裏嗅嗅，知道是一

---

*窪：凹下去的地方。粵音蛙。

隻很骯髒的狗來過，他留下的難聞的氣味，使小黑打了幾個乞嗤。

守着他的「銀行」，他要捉賊。

果然等了不久，他看見一隻大狗跛呀跛的走去他的「銀行」那邊，嗅呀嗅的。把沙扒開，找到了小黑收藏的第三根骨頭。

小黑一衝衝了過去，高聲對着那狗賊吠叫，可是才叫了兩三聲，他便停口了。因為他看見那大狗瞎了一隻眼睛，身上長滿了癩*，幾隻蒼蠅停在上面，他顯然是一隻無家可歸的流浪狗。

---

*癩：一種皮膚病。

流浪狗看了小黑一眼，也不答話，格崩格崩的咬起那塊骨頭來。

　　小黑安靜地坐下來看着他吃，見他吃得那麼努力，那麼仔細，小黑差點流下眼淚來，這位流浪的朋友實在太餓了。

　　這天晚上，小黑在晚餐中省下一塊大骨。

　　第二天，他咬着那根大骨到海灘去。

　　海灘上有幾個陌生的人，海灘旁還停着一輛車。

　　陌生人之中的一個手上拿着一根大竹，上面有一個活動的套，昨天的那隻大狗已經被他套着，他們要把他捉上車去。大狗沒有掙扎，乖乖的一跛一跛的走着。

　　他似乎看到小黑，木木的望了一眼，便上車去了。

　　車開走了，小黑也回家了，剩下那根大骨留在沙灘上。

世上最好的禮物

在一個美麗的湖邊，住了一個美麗的女孩子。

這女孩的名字叫華華，如果說她的外貌是罕有的清麗，她的品性更是無比的善良。樹上的鳥兒，湖裏的魚兒，都喜歡與她親近，她更吸引了整個村落的年輕人。每個人都想做她的愛人，一生一世跟她生活在一起。

不過華華也有她的選擇，在這許多男孩子裏，她愛的只有一個。

她所愛的男孩名叫童童，他不是最漂亮，他不是最勇猛，他不是最富有——相反，他家裏很窮、很窮，可是他卻是最善良，華華發現，這一點童童跟自己最像。

所有男孩子不希望的事情發生了，華華父親要往外地公幹，這一去起碼三年五載，華華也要跟隨前往。

男孩子們像是個個患了大病，睡不着覺，吃不下飯，老在華華家居的附近轉，希望多看她一眼。

每個人都想送她一份最珍貴的禮物，好讓她留作長久的紀念。

童童攀上了附近最高最高的山巔，在最危險的懸崖下面，摘下了一朵血色的小花。這花兒即使乾了顏色也不會變，它的

清香可以保持十年。一位有名的植物學家，說據他所知，現在全世界這花兒只剩下三株。

童童雖然摘到這珍貴的小花，卻從懸崖掉下，摔斷了兩條腿兒。

華華親自到童童家去探望，童童包着雙腳坐在牀上，正用小刀做一個木匣。華華什麼也沒有說只是淌淚，解下臂上一隻手鐲，戴到童童手上。她以前曾經告訴童童，這手鐲能帶給人平安。

童童沒來得及把禮物親手送給華華，他仍然不能下牀半步。他僅僅趕及在華華出發前做好了那個木匣，把血色的小花珍重地放進去，加上一把小鎖。

他託隔鄰的小伙子把木匣送去，想不到這小伙子一向對他十分妒忌。半路上他把木匣上的鎖打開，取出裏面的小花，再把盒子鎖上，還把那條鎖匙丟進了湖底。

華華收到許多許多禮物，她一一表示感謝，說每一件她都喜歡，因為這代表了珍貴的友誼。

只有童童的盒子她沒有打開，不是因為沒有鎖匙——城裏有最好的鎖匠，要開易如反掌，只是她知道盒子裏是世上最好的禮物，開不開也是一樣。

故事老人

　　新界有一個美麗的村莊，像別的傳統村落一樣，莊前有一棵大榕樹，飄灑着濃密的氣根，像老公公的鬍子。

　　大榕樹底下搭了一座涼棚，涼棚底下時常坐着一位老人，像榕樹一樣，留着長長的鬍子。

　　老人擺賣的是他家園裏出產的東西：番石榴、楊桃、木瓜、龍眼、黃皮、荔枝、香蕉……他還準備了一桶涼茶，是用幾種止渴生津的草藥煲的，誰渴了都可以喝一碗，那是不用付錢的。

　　可是老人的涼棚最吸引人的東西不是水果和涼茶，而是老人説不完的有趣故事。

　　村裏至少有三代的人聽過老人説故事，因此不少人索性叫他「故事老人」。

　　老人看過不少書，有些故事是書上來的，不過經他一説，故事便更加精彩。

　　有些故事是老人的親身經歷，很奇怪，很出乎意料，但他有人證物證，不由你不信。

　　有些故事是老人憑空想出來的，那是些最美麗、最有趣、最使人難忘的故事；老人有一顆創作力豐盛的了不起的腦袋。

　　可是最近老人的腦袋似乎出了點毛病，先是再沒有新的故事講給大家聽，後來連

舊的故事也説不完全，上個星期他甚至像一張會跳線的唱片，説呀説的就不斷重複自己剛才説的話：「……這小子真勇敢，他見那老虎撲過來，這小子真勇敢，他見那老虎撲過來……」

聽老人説故事的越來越少了，最後，只剩下老人一個自言自語。

老人的家人帶他去看醫生，醫生説這是因為年老造成的退化，沒有什麼藥可以醫好他。

老人還每天到榕樹底下的涼棚裏去，他越來越寂寞，也越來越憂鬱。直到有一天，一個小伙子經過樹下時，發現老人哀哀地哭着。小伙子問他什麼事傷心，老人説：「為什麼再沒有人來聽故事了？」

從跟着來的星期天開始，每逢星期日，都有幾個年青人到榕樹底下來，他們都曾經是故事老人的聽眾。他們圍着老人，請他講故事，當老人説不下去的時候，大家便幫着接下去，有時還扮鬼扮馬，表演故事裏的情節。這一來吸引了村裏許多小孩，跟着連大人也來了。榕樹底下恢復了從前的熱鬧。

當你星期天經過那裏時，別忘記坐一會兒捧捧場啊！

最長的故事

　　從前有一個很小的國家，這國家有一個很和氣的國王，國王只生下一個女兒，她就是公主蓮娜。蓮娜自小跟百姓的孩子們玩在一起，爬樹、游水、捉蟹、釣魚……

　　不過蓮娜最喜歡的一個節目，是聽一個叫蘇伯的老頭說故事。蘇老頭的故事隻隻動聽，蓮娜一坐下來就捨不得回去。

　　蘇伯有一個小孫子名叫蘇康，也時常跟蓮娜玩在一起，有時歡歡喜喜，有時吵架打架。

　　日子一天天過去，蓮娜一天天長大，終於到了要結婚的年紀。

　　這國家有一個規矩，公主選擇丈夫可以出一條題目讓應徵人考試。

　　公主出的題目是：「請你告訴我一則最長最長的故事。」

　　公主喜歡聽故事，所以出這樣的題目一點也不稀奇。

　　題目一出，城裏的紙立刻賣個清光，想娶公主的人個個埋頭趕寫。許多窗戶的燈光終夜不熄，有人一直寫到天亮。

　　蘇康卻每天照常工作，他如今牧養着過千隻的羊羣。

　　他爺爺蘇伯說蓮娜是個好女孩，叫蘇康也寫個故事去應徵，如果沒有題材，爺

爺可以供應。

　　蓮娜有時也來陪蘇康放羊，告訴蘇康應徵的故事已經堆滿了書房。最長的一則共長九千九百九十九頁，可惜她看了一頁已經昏昏欲睡。

　　蓮娜問蘇康為什麼不準備參加？是不是認為公主配不上他？蘇康說時間多的是，慢慢寫也不遲。

　　一個評審委員會已經組成，評審委員一共四人。國王、王后、丞相和公主自己。

　　丞相報告收到的故事一共九十九份，最長的一份有九千九百九十九頁，最短的一份卻只有一張紙，紙上的故事又只有三個字。

　　大家都想知這三個字的故事是怎樣的？老丞相清一清喉嚨讀出了這三個字的故事：

　　「我愛你！」

　　跟着又讀出後面一行小字注解：「這是個一生一世的故事。」

　　國王、王后、公主一同微笑點頭，問丞相這樣好的故事是誰寫的？丞相說：「這小子名叫蘇康，是最會講故事的蘇伯的孫子。」

散文

名家導讀

仁慈的叮嚀

關麗珊

　　有人分析和統計過十年間的香港兒童文學，發現數目最多的內容是關於善良仁慈的，其次是勤奮，第三是機智，阿濃的散文也可作如是觀。

　　以本地兒童文學作家來說，阿濃跟我算是有緣。讀書時看他的作品，從事編採工作期間，上司任命我訪問他，由於熟悉他的文章，可說是簡單任務。

　　阿濃早已移民加拿大，間中回港，所以，訪問的時間和地點由他決定，他選擇在彌敦道一間歷史悠久的酒店頂樓餐廳食早餐，那是昔日名人明星愛到的地方，甚有香港情懷。

　　訪問後，他送我一本簽名著作。我出書後總為提寫對方上款稱謂思慮，翻看阿濃的書，只見他寫上款麗珊留念，下款阿濃，沒有後輩前輩讀者作者的距離，自然親切。

　　阿濃的文章同樣自然親切，好像以《笨鳥先飛》寫將勤補拙，勤奮是重要的。《醫生與植物》一文引用英文語錄「永不要光顧這個醫生，如果他醫務所的植物已

經枯死」，尊重生命的醫生才值得信賴，讓讀者看到機智。同樣機智的如《廢話》一文側寫自由，廢話無法避免，惟自由國度可讓人有不聽和不說廢話的自由。

兒童文學最重要的善良仁慈是阿濃散文的重心，不必刻意強調，只在字裏行間流露。文學着重真善美，阿濃的散文當然不會缺少。《秋葉·流水》寫得輕盈漂亮，《為樹取名》由樹寫到人，如果沒有名字，民就是面目模糊的一羣。許多看似常識的段落，已是近年少見的真話。

關麗珊

文學作家，出版社普普工作坊的創辦人，曾任報刊編輯和創作顧問，現專職寫作，已出版小說、散文等作品逾數十種。

給松鼠

親愛的松鼠朋友們：

你們好，這幾天我開車的時候，常碰上你們橫過馬路。你們的行動姿勢，實在不敢恭維，半跳半走的，完全談不上敏捷。最糟的是你們膽子很小，又把持不定。有時已過了半邊馬路，見有車來，便忽然走回頭。這出乎意料的動作，會使司機煞車不及，對你們最是危險。你們要向加拿大人學習，他們過馬路總是大搖大擺又慢吞吞的，這才是最安全的過馬路方式。

你們把我丟給你們的花生東收西藏，有時我挖開花圃的泥種花，往往會發現你們的「儲蓄」。究竟你們有沒有在藏品外面做上記號？難道不怕想挖掘時找不到藏在何處？我至今仍有許多心愛的東西不知其蹤，大部分是收藏得太好的緣故，要等一個機緣再見它們露面。

近來我家那棵梨樹下面，常見有咬掉一半的果子，齒痕宛然，當然是你們做的好事。

這棵梨樹今年結的果子數目跟去年差不多，不過體積較大，有超級市場出售的水平。樣子雖不中看，味道卻是很清甜的。我不反對你們嘗新，但千萬不要浪費，留些給我們嘗嘗，也讓我們送幾顆給朋友共

嘗。園裏的收穫，雖然有我的勞力在內，但主要還是靠陽光、泥土、雨水這些大自然的施與，因此你們也該享有一份，你們可放心享用，別客氣！

浣熊的惡作劇

旅行途中買了兩張明信片,其中一張是兩隻浣熊藏身在一個樹洞裏,一大一小,大概是母親和兒子吧。

我買這張明信片純粹是因為牠們的神態可愛。雖然浣熊的名譽不大好,牠們的惡作劇和對人類造成的滋擾使牠們臭名遠播,可是我們仍寬宏地原諒牠們,接納牠們。許多紀念品店裏都有木的、石的浣熊雕像,牠們有趣的尊容出現在許多畫冊和明信片上。

這張明信片上附有說明,解釋牠們為什麼喜歡在河裏去洗手上的食物,原來是牠們的手掌濕水之後,敏感度會大增,使牠們在搓揉手上的食物時,能分辨哪些能吃,哪些不能吃。

最近還聽朋友說起牠們的一椿惡作劇:有人在花園裏新鋪了草皮,像地氈那般可以捲起來、鋪開去的那種。第二天早

上，發現本來鋪好的草皮，竟被揭起捲成一卷卷。

　　起初以為是附近的頑童所為，把草皮重新鋪好後，還用石頭壓住。

　　誰知第二天早上，草皮依然被捲起。有人說晚上曾經見到浣熊的蹤跡，看來這次又是牠們做的好事。

　　浣熊是美洲的原居民，也只有美洲才有。是我們人類騷擾了牠們，不是牠們騷擾了我們。請對牠們的「惡行」多多包涵。

懷念蟲兒

後園一樹梨花開得正盛，嗅嗅不覺有什麼香味，擔心吸引不到蜜蜂來採蜜，影響收成。留意觀察，才看到一兩隻蜜蜂在枝頭鑽進鑽出。心想如果是在香港，那蜜蜂和蝴蝶該是連羣結隊而來了。

大概是受天氣影響，此地的昆蟲鳥雀種類和數目都少於亞熱帶的香港。

數年來竟不曾見過一隻蝴蝶，梁祝的精靈無意來此。也不曾見過蜻蜓，雷雨前滿天飛舞的壯觀固然不會出現，點水於蓮葉之間，靜立於新荷梗上的畫意亦無從得睹。

夏日固然聽不到蟬鳴，春雨池塘也沒有蛙鼓，紡織娘*無意在此設廠，階前不聞蟋蟀的歌吟。

蚱蜢、金龜子*、金絲貓這類孩童的天然玩具十分難尋，燈前也欠缺魯迅曾向牠們致敬的小青蟲陪我寫作。

牆角的蜘蛛看來常處於飢餓狀態，惟一使我高興的是沒有猥瑣的蟑螂用牠們多毛的腳到處爬來爬去。

*紡織娘：又叫蟈蟈，善於跳躍。雄性紡織娘的前肢摩擦時會發出「軋織軋織」的聲音，就像紡紗機紡織時發出的聲音，因而得名。

*金龜子：有的金龜子會吃植物的莖和葉，因而被視為害蟲。成蟲有表面光滑的硬殼。

破曉湖上

今早散步到惹思湖*邊時，發覺那釣魚台邊避雨的小亭，已改裝成賣魚餌、租賃小艇的小店，看清楚原來是拍電視劇的布景，有佈告説明這件事，還有一個青年人在「店」裏看守。

我們跟那寂寞的看守人閒聊，原來他昨晚整夜在此當班。深夜林中湖邊，怕不怕有野獸或精靈出現？他的膽子可不小。

他説在清晨五時半左右，忽然看見湖裏的魚兒紛紛躍出水面，此起彼落，蔚為奇觀，後來才慢慢靜下來。

到六時左右，又見數十隻野鴨，在水面低飛滑翔，並且嘎嘎爭鳴，約二十分鐘才成羣遠去。他叫我們看水面飄浮的一些茸毛，就是羣鴨嬉戲時留下的。

此時湖面一片平靜，水底倒映着藍天白雲，既沒有魚躍，也沒有鴨嬉。我們想看這樣的熱鬧，除非明天更起一個早。

魚兒為什麼在那時分跳躍？羣鴨為什麼不在此時出現？是不是牠們知道只有那破曉時分才完全屬於牠們，只讓這整夜留守的漢子開了一次眼界？

*惹思湖：即加拿大溫哥華的 Rice Lake。作者移居加國後，居住的地方距離惹思湖不遠，常到這裏散步，因此地景色優美，「惹人相思」，所以作者把它叫做「惹思湖」。

秋葉・流水

生活中雖多困擾和憂思，卻仍有空間與大自然溝通。這些時沒有一天不讚歎秋葉之美，從鮮嫩的黃到血一般的紅，中間是數不清的褐和赭*，五彩斑斕，難以名狀。尤其是陽光斜照時，那豐盛之美，更勝於春花。

樹下已滿是落葉，踏上去發出碎裂的聲音。我想對他們說的是：朋友們，在從生命所維繫之處飄落之前，你們以最燦爛的面貌向這個世界微笑，然後悄然飄落，化為養料，滋潤母體，這是多麼的情濃，又是多麼的灑脫。

在園中收集落葉時，聽到身旁小澗中流水響得甚歡，這是一年之中，澗水最豐盛的時刻。

他們好像在呼喚我：「喂，為什麼不來跟我們親近親近？」

他們的確經過很長的旅途，才來到我的園中，然後又匆匆而去，流向大海。

我經不起他們盛意拳拳的招呼，反正穿着長靴，便一步步踏進澗中。流水從我腿間流過，清冷的感覺透過長靴給我從雪山上帶來的涼意。那迴旋流動的水是如此清澈，我忍不住掬在掌中喝上一口，那清冽從齒牙一直進入臟腑。我成為他們旅途的一部分，真好！

*赭：紅褐色。粵音者。

落葉季節

　　正是落葉季節，不但是楓樹，還有其他許許多多種類的樹，都抖落一身的葉子，剩下光光的枝幹。本來被遮擋着的天空、遠山、房屋都顯現了出來，空間變得廣闊了。

　　許多掉在地上的葉子並未枯萎，有嫩黃、有淺褐，一張張互疊着，形成美麗的圖案。我喜歡撿拾一些小片而顏色好的，寄給遠方的小朋友。

　　以我粗淺的植物學知識，以為植物落葉是為了應付秋冬乾燥的氣候，葉子掉下之後減少了水分的蒸發。可是溫哥華的秋冬反而是雨季，樹葉照掉可也，又是為了什麼呢？這有待植物學家的解釋了。

　　我能夠想得出來的理由只是：舊葉子不掉，春天怎會有新葉子？

　　因此舊葉子是值得我們欽佩的，它們不戀棧於枝頭，該離休的時候便離休，自己變成肥料，滋養本株。那些走路也要人扶的政壇元老，請向落葉學習。

蒲公英的種子球

　　《本草綱目》把蒲公英編在「菜部」，其實很有理由，此地便有人把蒲公英的嫩葉當沙律吃或者作蔬菜。如果有烹飪節目介紹幾款蒲公英菜式而又美味的話，相信蒲公英的數量一定大為減少，因為都給我們吃掉了。

　　香港市政局出版的《香港草本植物第二卷》上記載：蒲公英乾的根莖經磨碎後可作為咖啡的代用品。戰爭期間咖啡價貴，不妨一試。

　　市政局這本書上説蒲公英原屬歐洲的草本植物，現已廣泛移植於全世界。我發現園子裏植物生存條件最惡劣的地方，正是蒲公英生長最茂盛之處。如果要到什麼星球上試種地球植物，蒲公英當屬首選。

　　我為蒲公英「節育」的措施一直在進行，每天把園子裏出現的小黃花盡數剪回來插在瓶中。但仍有漏網的，花謝之後，成為一個美麗的種子球，白色茸毛在外，芝麻樣的黑色種子在內。我把這漏網的茸球剪下，小心翼翼地怕它們一碰就飛得到處都是。這茸球看來眼熟，唔，原來像溫哥華科學館的那個網狀球體建築。我懷疑建築師的靈感正來自蒲公英的種子球。

　　我把一球種子的數目數了一下，剛好

二百四十顆。有時間會找另一球來計算一下，看是不是一樣。

　　如果每顆種子都能成長，即便一棵只開一朵花，再傳三代已經是一千三百八十二萬四千棵，問你怕不怕？

散文

為樹取名

　　愛德華王子島那最有名的安妮是個有情人，她不但對人有情，對物一樣的情濃。

　　她甚至為一棵樹、一盆花取名字，她的說法是：我們不能簡單地稱一個人為「人」，人是有名字的；因此我們也不該簡單地把一棵樹叫「樹」，即使叫它們松樹、柏樹也不能顯示個別的身分。於是她為每一棵樹取上不同的名字，使這一棵松跟另一棵松有分別，因此這一棵是老約翰，另一棵是大隻佬斯提芬。

　　在某些統治者眼中，全國的人只用一個「民」字來代表，聽話的是順民，造反的是暴民，投票的是選民，遷進或遷出的是移民。既然每個個體只是個「民」字，也就面目模糊。

　　面目模糊便不會用情，可以把他們當籌碼，押上政治或軍事的賭桌。

　　被當作籌碼的「民」被犧牲掉了，賭博的雙方只有輸贏帶來的喜悅或失意，被犧牲者的命運和感受，他們是絕對不會關心的。

散文

不捨此屋

越近搬家的日子，越覺得不捨。

捨不得那條小溪，是我家不知源頭的活水，站在溪邊聽那汩汩*的泉聲，便會想起孔子說的：逝者如斯夫，不捨晝夜*。

捨不得那三棵百年老樹，站在樹下自覺是他們的忘年交，我欣賞他們，他們也欣賞我。

捨不得那片野草地，他們旺盛的生命力，給我深深淺淺、千姿萬態的綠。

捨不得南牆的玫瑰，它給我千朵的豔麗，縷縷的清香，我曾將花瓣附在信中寄給遠方的友人。

捨不得門前那塊巨石，不知何年何月它就默默地安頓在那裏，駕車回來見到它，便到家了。

捨不得這條街，又平又直，夾道的綠樹，憩靜極了。下雪之後，立即變成聖誕卡上的風景。

人與人有緣，人與屋亦有緣。我有緣在此大約住了一千個日子，卻因為更多家

---

*汩汩：擬聲詞。粵音覓覓。

*逝者如斯夫，不捨晝夜：孔子看到河水不分白天黑夜地不斷流動，因而慨歎時間也像流水一樣不斷逝去。出自《論語·子罕》。

庭成員的團聚，地方不夠，要另覓新居，去跟另一間屋子結緣，這間溪邊林下小屋於是緣盡了。可是他將永遠存在我記憶之中。

仿廣告一則

你昨夜的甜夢，你陽光明麗的清晨，你窗外的藍天，你耳際清脆的鳥鳴，你園中飄進來的草香，你獲得充分休息的肢體，你澄澈空靈的頭腦，你金黃的煎蛋，你香濃的咖啡，你爽口的泡飯，你家鄉風味的鹹菜，你天使般的孩子，你溫柔的丈夫，你賢慧的妻子，你體貼而健康的父母，你熱情而樂於助人的鄰居，你駕駛如意的坐駕，你一路暢通的車程，你慷慨又精明的波士，你合作又能幹的同事，你善解人意的電腦，你精明又信賴你的顧客，你精緻又節省的午餐，你小休時間的有趣閒談，你挑戰智慧的小難題，你不請自來的靈感，你意料之外的訂單，你上司轉述的客戶對你的讚美，你回家路上兩旁的花樹，你透過車窗看到的山腰的白雲，你進門時小狗對你的熱情歡迎，你上樓梯時聞到的羅宋湯辣味，你最小的女兒送上來的拖鞋，你柔軟舒適的家居便衣，你可以把身體完全交託的沙發，你齒頰留香的鐵觀音或白牡丹，你遠方好友的來信，你的政府退給你的稅款支票，你伸手伸腳很舒展的懶腰，你不會錯過的一本書：《癡心留一角》*。

---

*《癡心留一角》：作者阿濃的散文集。

張潮*在《幽夢影》中說：

「春聽鳥聲，夏聽蟬聲，秋聽蟲聲，冬聽雪聲，白晝聽棋聲，月下聽簫聲，山中聽松聲，水際聽欸乃聲*，方不虛生此耳。若惡少斥辱，悍妻詬碎*，真不若耳聾也。」

此間夏日無蟬唱，秋夜無蟲鳴，冬雪悄無聲息，水際亦無欸乃，要不負此耳，當另謀悅耳佳趣。

其實雨聲亦頗動聽，尤其是夜雨，淅淅瀝瀝，引起多少思緒，帶出多少回憶，詩人在雨聲伴奏下，寫出無數佳句。在溫哥華要聽雨聲，實在是太容易了。

巨風撼樹之聲，會帶來不安，尤其伴以枝幹折裂聲，怕會壓斷電線，損毀房屋。想聽簷際清風之聲，可懸掛風鈴，在寂靜的下午或黃昏，把思緒帶往遠方。

此地鳥鳴不多而鴉噪頻頻，亦天籟之一種，我不覺其討厭。

一般住宅區不易聽到另一種雀噪——

*張潮：清朝初年的文學家。

*水際聽欸乃聲：在水邊聽小船搖櫓的聲音。

*惡少斥辱，悍妻詬碎：無賴少年的斥喝侮辱，蠻不講理的妻子的辱罵埋怨。

竹戰*之聲，鄰居傳來的聲音最常聽到的是嗡嗡的剪草機聲。

　　我有一種聽的愛好是五歲以下兒童講話的聲音，不論他們說的是何種語言，都覺得清脆甜美，相信天使的聲音正是這樣。

---

*竹戰：打麻將。

最近讀到一首有趣的詩，是隋末唐初詩人王績的作品。有趣在詩中一連用了十一個問句，而且所問的我幾乎都可以回答，因為接近我園子的情況。這首詩是這樣的：

在京思故園見鄉人問

旅泊多年歲，老去不知回。忽逢門前客，道發故鄉來。斂眉俱握手，破涕共銜杯*。殷勤訪朋舊，屈曲問童孩。衰宗多弟姪，若個賞池台*？舊園今在否？新樹也應栽？柳行疏密布？茅齋寬窄栽？經移何處竹？別種幾株梅？渠當無絕水？石計總生苔？院果誰先熟？林花那後開？羈心只欲問，為報不須猜*。行當驅下澤，去剪故園萊*。

*斂眉俱握手，破涕共銜杯：因聽到家鄉而皺起眉頭，與來自家鄉的客人握手，又止住眼淚，與客人一同喝酒。

*衰宗多弟姪，若個賞池台：衰敗的家族仍有多個兄弟姪兒，有哪個會去觀賞園池亭台？

*羈心只欲問，為報不須猜：因牽掛家鄉而只想多詢問，請回答我，不用我猜想。

*行當驅下澤，去剪故園萊：即將要坐適合在沼澤行駛的「下澤車」，去修剪舊園裏的雜草。這裏指詩人思鄉情切，很想回鄉。

答詩問

散文

下面是我的回答：

年青一代誰會對園子有興趣？池台景色還不是我們這些老人家才會在其間徘徊。去年新種了好幾棵樹，楊柳疏疏的植了兩株在水邊。書齋雖大卻因不斷添購有點容納不下了。鄰家移來的竹樹越長越茂盛。據説收穫很豐的西梅只種了一棵，應該是吃也吃不完的了。經常下雨，那渠澗的水嘩嘩地流着，石塊上滿是青苔。最早熟的果子是蘋果，最耐久開了一批又一批的是玫瑰。

記憶的抽屜

　　記憶是一個個抽屜，比舊式中藥店裝藥的抽屜還要多。

　　記憶的抽屜大多因觸動而打開。抽屜好像有特殊的鍵，一碰便能打開。一個聲音，一個眼神，一陣氣味，一件小擺設，一封信，都可以觸動那特殊的鍵，讓我們回到當日情景之中。而隨之歡喜或悲哀。

　　記憶的抽屜也可主動去打開，只要你喜歡，你可以每天打開某個抽屜，去回味你想回味的一切。

　　奇怪的是人們主動打開的抽屜，不一定裝的是得意、歡欣、甜美、成功、榮耀，卻可能是失敗、哀傷、屈辱、苦楚、悵惘、惋惜。或許這也很自然，當我們身體的某部分酸痛時，我們不是很喜歡去搓揉一番嗎？

　　不是每一個抽屜都有機會打開，有些是未有機會觸動，有些卻是我們故意迴避。當那開啟的鍵被觸動，抽屜將開未開時，我們可以因為不想回憶而硬把它們保持關閉狀態，免得自己陷於刻骨的苦痛之中，再一次受到傷害。

　　我是一個喜歡有許許多多抽屜的人，它們的數目還在大量增加之中，我又是一個不迴避打開每一個抽屜的人，在我無所

事事時，例如睡前醒後，或等候的時間，我會一個個把它們打開，連最偏僻的角落也不遺漏，因為不論裏面裝的是什麼，都是我生命的一部分。

砌圖的兩面

每年出一本的 *The Friendship Book* 本來讓讀者每天讀一段,我可不受它的規限,一段又一段的一直看下去,今天讀到一段頗有意思:

一個小孩玩厭了他所有的玩具,走去問他的父親可有什麼新玩意兒。

父親正忙着清理一些舊書報雜誌,一時不知道有什麼建議給孩子。靈機一觸,他撕下一本沒有用的舊雜誌的其中一頁,那是一幅世界地圖。他把地圖隨手撕成一片片,弄亂了之後交給孩子,要他重新砌好,就像我們平常玩的砌圖遊戲一般。

小孩子比想像中快得多把那幅世界地圖砌好,驚奇的父親問他為什麼可以完成得這麼快?

孩子説:「瞧,這地圖的另一面是一個人的面孔,我知道只要我能夠把人安排好,這世界也就妥當了。」

這故事不但提醒我們做事不要一成不變,有時從別的角度或層面進行,更為容易。同時有一個比喻:只要解決了人類的融和問題,世界就不會變得四分五裂了。遺憾的是我未能以較孩子氣的口吻把這句話譯好。

架空電線

　　初抵溫哥華，見路旁有電線杆拉着一條條的電線，覺得這個城市頗為落後。香港早已把電線埋在地下了，此間卻還是橫橫直直的線破壞了天空的純淨。

　　住久了我對這些頭頂的電線漸漸改觀。

　　就是因為有這樣的架空電線，減少了掘馬路的煩擾。掘馬路既有噪音又有灰塵，妨礙交通，影響附近商店的生意，也損耗了公帑。

　　本來覺得架空電線有礙拍照，好好的藍天背景被這些線條破壞了，有時還避無可避。

　　後來我發覺這些線條可以是畫面構圖的一部分，一樣有它的趣味。有時一羣鳥兒一隻隻站在不同的電線上，像五線譜上的音符，把牠們拍成剪影，竟有沙龍照片的味道。

　　今夜與妻在附近街道散步，迎面一彎新月，在電線分割的夜空出現。我們走月兒也走，她有時沿着一條線滑動，有時在線的上下沉浮，有時在不同的格子裏扮演處於不同位置的角色。如果沒有電線，怎能看到一場月兒的舞蹈？

笨鳥先飛

散文

　　畫家陳明大見過他父親有一枚閒章*，刻的是「笨鳥」兩個字。陳明大問是什麼意思，他父親說：「笨鳥先飛。」

　　知道自己笨，肯提早做自己該做的事，其實已經不笨了，因為勤能補拙嘛。

　　一位駕駛技術欠佳，認路本領又差的朋友，如果有重要的約會，要去一處陌生地方，他會早一天先去探路，保證第二天準時抵達。

　　記得中學時有一位成績頗好的同學，有人問他讀書有什麼秘訣，他說：很簡單，早一點開始準備便是。

　　一些有天分的兒童，年紀小小便開始學習鋼琴、小提琴、芭蕾舞、繪畫，人家不是笨鳥尚且一早學飛，是笨鳥的怎可怠慢！

　　我們常說某人有眼光，在別人未看到機會來臨時，他已經先下手為強，結果飲了「頭啖湯」。西諺所說「早起的鳥兒有蟲吃」，正是對先飛覓食的鳥兒的獎賞。

　　世上笨鳥的悲哀是不知道自己笨，在人家早已滿空飛翔時，他們還在睡懶覺。

*閒章：刻有格言或詩文等內容的印章。

廢話

　　劉再復教授問一位旅美多年的中國作家為什麼不喜歡住在國內，對方回答説：「其實我僅僅為了一個簡單的理由，就是我不喜歡老是聽廢話。」

　　這話使劉再復震動了一下。他發覺自己多年來竟培養了一種承受廢話、空話、套話的力量，習慣於語言的勞役，習慣於高貴心靈的受辱。那位旅美作家的回答，啟迪了劉再復，使他知道一個作家保衛心靈的習慣是多麼重要。一切都可以丟掉，但不能丟掉心靈的尊嚴。

　　香港本來也是一個充滿各種各樣廢話的社會。電台和電視台的廢話通過電波傳去每個家庭，在許多典禮、集會、儀式中，也是廢話連篇。不過香港人有不聽廢話的自由，只要一按鈕，電台電視台的聲音立刻停止。

　　你也可以在集會中打盹、遊魂，沒有人迫你站起來表態，説出更多的廢話。

　　聽廢話會感到氣悶，會感到生命被迫浪費，會感到智慧的尊嚴受侮辱；但被迫説廢話，那將是更大的痛苦。因為你這樣做會浪費了別人的生命，侮辱了別人的智慧和尊嚴，當然也侮辱了自己。

　　香港能維持這種不聽廢話、不説廢話

的自由嗎？誰也不能保證。劉再復説：「一顆高貴的心靈，它每天都應該生活在自己所選擇的正常的社會生活中。」可惜不是人人能選擇。

神奇的手指

我們稱那些善於種植的人擁有「綠手指」，不論什麼植物到他們手上都生意盎然。母親就有這樣的手指，我香港那間屋子的露台上和天台上都有她栽培的花草。我知我缺乏這樣的手指，經常做了植物殺手，好好一盆花兒，買回來沒多久便奄奄一息。

可是另外一些人擁有其他神奇的手指，一樣十分值得我們羨慕。

有人擁有「好味道手指」，做的點心炒的菜都特別好吃。他們撒鹽、加糖、落豆粉、倒醋從來不用計算分量，蒸、燉、炆、炒也毋須計算時間。做出來的菜總是鮮嫩香脆十分可口。

有人擁有「魯班手指」，魯班是歷史上的大匠，心靈手巧，建造無所不能，是眾人崇拜的師傅。有魯班手指的人，刨、鋸、切、割樣樣得心應手，不論什麼材料，什麼工具，到他手上都特別聽話。

有人擁有「音樂手指」，許多樂器到他手上便發出美妙的聲音，他像有魔法能喚起樂器的靈魂，不論是吹是彈是拉是敲，樂器都好像特別偏心，跟他合作。

有人擁有「生命手指」，他們的職業是醫生。那些手指感覺敏銳，碰碰敲敲便知

道毛病躲在何處。他們操手術刀其熟練勝過解牛的庖丁*，
而縫線時比做旗袍的上海師傅還要運針如飛。

　　這些人都是天生異稟，帶了特別的手指來到這個世界。
我們沒有特別手指的只能將勤補拙，歎一聲上天對我不公
平。

---

*解牛的庖丁：解，解剖。庖丁，廚師。這裏指能夠熟練地解剖
　牛的廚師。

情緒人

有一種人二十四小時都在鬧情緒。

他對身邊的一切都不滿意，尤其對身邊的人。

他嫌人家在他想用洗手間的時候佔了先，哪怕人家剛進去，也要大力拍門催促人家快點讓給他。

他嫌人家擋他的路，當他越過別人時，一臉的不高興，嘴裏還要發出不滿意的聲音。

他接電話，如果不是找他，就用不耐煩的聲音叫人來聽，還要說一聲：「討厭！」讓打電話來的人也聽見。

他對人家講話，人家聽不清楚，想他再說一次，他就很不高興。人家對他說話，他聽不清楚，他就更不高興。

他討厭身邊人發出的一切聲音：打呵欠、咳嗽、打噴嚏，他會給聲音的來源一個怒目，表示不滿。

他不喜歡別人向他詢問任何私人問題，包括在哪裏畢業、今年多少歲、他穿的皮鞋在哪裏買……他用不正面答覆來顯示他的情緒。譬如人家問他皮鞋在哪裏買的，他明明記得，也會冷冷的說：「忘了！」

睡覺了，情緒人嫌他的另一半搶了他的被，牀頭燈射了他的眼，抓癢令牀搖動，

211

打鼾使他失眠。

　　情緒人大多失眠，一失眠情緒更壞，把睡不着覺的原因歸咎別人。即使他們睡着了，也磨牙咧嘴，大說夢話，分明在夢中大鬧情緒。

煩人

散文

生活中總有機會碰見一些煩人。

煩人的問題特別多，把你當成了百科全書。問題一個接一個，不論早晚，電話一響，準又是他。

煩人的空閒時間特別多，而且以為你跟他一樣空閒。在你忙得頭髮冒煙的時候，他問你有沒有時間跟他下棋。

煩人的是非特別多，而且熱心跟別人分享。電話中說得「雞啄唔斷」，你大可把電話放下來做別的事，半小時之後拿起來聽，保證他還沒有說完。

煩人的病痛特別多，不論是呼吸道、消化道、神經系統、循環系統還是皮膚，都有這樣那樣的奇難雜症，他要向你細說病情，並且徵求你對治療的意見。

煩人的感情糾紛特別多，今天夫妻吵架，明天姊妹不和，三天兩日在電話中哭哭啼啼。

煩人的政治高見特別多，自覺精彩絕倫，可惜肥彭*、李柱銘、董建華都不請他做顧問。

煩人只有一樣少，便是朋友少。既然你不嫌，他怎會放過你！

*肥彭：彭定康，香港回歸前最後一任港督。

做鷹犬的材料

獵人打獵的時候利用鷹和犬追逐獵物，《辭源》説：後多謂權貴豪門之爪牙曰鷹犬。

並非個個做得鷹犬，做鷹犬有做鷹犬的材料。

首先得惟命是從，主子要他對付誰他便對付誰，絕不遲疑，也不會講價。

他一定要冷血，對方是純良的小鹿也好，可愛的小白兔也好，鷹犬絕不會有同情之心，在鋒利的腳爪和牙齒之卜，被害者莫不鮮血淋漓，皮開肉爛。

他不但無情，兼且無義。主人有命，昔日之同伴手足，他們一樣照殺。一旦換了主人，轉了飯鑊，只要新主人有命，舊老闆立即變成死敵。

他不會貪小利，抓到獵物原隻向主人奉上，他們等待主人的賞賜而不會自行抽水，他們知道這樣才能顯示忠心，得到較大的獎賞。

鷹犬只看主人的臉色，全世界對他們鄙視、痛罵，他們絕不會當一回事。天生的鷹犬，自然具備這種種的能耐。

怎樣才算 nice

我們有時在背後稱讚一個人，説他很 nice，其實怎樣才算 nice 呢？

第一個要求是他的臉上常帶笑容，一點也不勉強的笑，因為他真的欣賞他周遭的一切，包括天氣、街道、籬笆上的松鼠，向他示威地吠叫的小狗和他碰見的朋友們。

第二個要求是他寬容，莽撞的駕駛者，粗心的侍應，考試成績欠佳的兒女，妒忌心重的同事，他都不會對他們大發雷霆或恨意難消。

第三個要求是樂於助人，他好像隨時隨地準備助人一臂之力，根本不用請求，他已經自動獻身。他幫人的時候比做自己的事更用心更周到，事後從不主動提起。

第四個要求是善於解窘，當別人尷尬、難堪、羞慚、不知所措時，他有本事把人從窘境中解脱出來。

第五個要求是經常成人之美，當他知道有人想做好事、善事、有意思的事時，他會從中撮合，或穿針引線，或「推波助瀾」，使這些事情終於得以成功，他功成身退，懇摯地向人家道賀。

第六個要求是他很會説話，聽得大家心裏舒服。

哭泣的靈魂

　　許多人活着並不是真正活着，因為真正的他已經被眾人和他自己合謀殺死了，以他的軀殼活着的，其實是另外一個人。

　　這個「人」用他的名字，持有他的身分證，但絕不是他本人。

　　這個「人」遵從眾人的意願做人，父母要他如此如此，於是他克制自己的盼望，做父母眼中的乖乖仔。妻子要他這般這般，於是他改變自己的意願，做她眼中的好丈夫。兒女要他這樣那樣，於是他放棄自己的理想，做他們眼中的好父親。還有上司、下屬、朋友、鄰居⋯⋯各有對他的要求，為了做眾人心目中的標準好人、乖人，他殺死了他真正的自己，留下了一個軀殼，去扮演一個虛假的角色。他已被視為異類。如果他要恢復失體，再做回他自己，眾人必然以為他精神失常，要強迫他去看精神科醫生，以電擊和迷失本性的藥物，使他變得混混沌沌。

　　唉，多少人的靈魂只能在暗角裏哭泣！

活潑

最容易消失的一種可愛的性格，尤其在中國人的家庭裏，大概是活潑了。

家裏如果有一位嚴肅的父親，一位老是覺得自己受委屈的母親，很小的孩子也活潑不起來。因為活潑跟家裏的氣氛不調和，活潑便成為一種錯過，名之為調皮、貪玩什麼的，會受到責罰。

學校裏如果有一位從來不笑的班主任，加上把自己當作警務處長的訓導主任，孩子們也活潑不起來。因為活潑的孩子成績表上操行往往是丙，最多是乙減，還要加上「多言好動」的評語。

一個人到了做事的年紀還可以活潑的話，他是得天獨厚了。不過他最多做一個基層小職員，你幾曾見升到部門主管仍是活潑的？除非那是一間玩具公司，或許還有一點希望。

娶到一個活潑的妻子，嫁到一個活潑的丈夫是幾生修到。他（她）必有過人之處才能經歷人生多重折磨（誰也免不了）仍能保持此可愛性格。活潑使人年輕，活潑使周遭的人快樂，如果你仍可以活潑的話，請繼續！

一條公式

看到不少因懷舊潮流而再次吃香的東西，便會記得它們都曾因為老土被棄如敝屣，想不到稍改面貌後又再登上時興的舞台。

於是我看到了一條公式，便是時興——老土——懷舊——古董。其中最不值錢的是「老土」階段，最有價值的是成為古董，它們很可能是同一樣東西，卻因出現在不同的時代而有不同的價值。

當年丟進垃圾桶的男裝鬆糕鞋，如今已成懷舊人士的寵物，再保存一百年，博物館便會出高價收購。古董之所以有價，不但是因為歲月遷移，還因為在「老土」階段被人大量拋棄毀滅。

作為物，這條公式似乎已可悲，因為能成為古董的實在少之又少；作為人，那同樣不是味道。

多少人曾在潮流上光芒四射，如今因老土而被忘記；其中有幾位被挖出來供大家懷舊一番，在一些大「騷」中讓觀眾痛感歲月不饒人。活動一過又請他們退回塵封的世界。

我們的幸運是不必成為古董，用防腐劑保存了長期供人鑑賞；至於那少數的例外，只怪他們生前所託非人。

散文

中看也好

好友再度到訪寒舍，說我的壁爐前多添了顏色。是的，那裏有朋友從美國帶來的乾花，有舊日學生送來的聖誕紅，有園子裏採來的藍繡球和中國紅燈籠，有幾種不同顏色的水果。

除此之外還有兩隻小籃，一隻裝了四顆小瓜，有圓形、有橢圓、有葫蘆形，或黃或綠，或黃綠相間。這種瓜不知能吃不能吃，因為是拿來作擺設的，可以放上大半年也不壞，是極耐看的室內擺設。

另一隻籃子裏裝的是兩杆粟米，跟普通金黃色的玉蜀黍顆粒不同，它們有黃，有紫，有醉紅，帶多少透明，像是一顆顆的瑪瑙。這種粟米不知能不能吃，但也是極好的點綴。

它們加起來使我的壁爐前洋溢着田園風味。

這兩種用來看不用來吃的農作物，我是喜愛的。它們價錢不算貴，能夠長時間的點綴我的居所，實在物有所值。更覺造物主懂得生活情趣，他造了一些農作物給我們吃，又造一些較美麗的供我們欣賞。

忽然想起一個帶侮辱性質的名詞「花瓶」，用來嘲諷機構裏工作能力低但長得漂亮的女孩子。她們做事的才幹或許差了

一點，但是她們帶給大家愉快的氣氛，視覺的享受，不同樣是一種貢獻嗎？我不討厭作擺設用的蔬果穀類，因此我也不輕視「花瓶」。

笑容迷人

附近超級市場有一美女收銀員，笑容親切，計算貨價期間還會跟顧客寒暄幾句。

其他的收銀員也會笑，也會寒暄，總覺是循例做的，循例說的。只有她一切均出自內心，一點虛假也沒有。

欣賞之餘，使我產生一些疑問：

她笑得這麼好，是天生，是自我修養，是家庭教育還是職業訓練的成果？

她笑的時候心裏想些什麼？是感謝顧客的光臨？是滿意自己的處境？還是什麼也沒有想，自自然然便從內心流露出一種對人的善意？

她一天工作好幾個小時，有時早上見她在，下午一樣見她，而那笑容如一。一朵上午盛開的玫瑰，到了下午往往疲態畢露帶點憔悴，為什麼她的笑容仍可維持同樣的「新鮮」，她有什麼秘訣沒有？

我覺得這是一個很值得研究的對象：她出身於怎麼樣的家庭？父母的性格對她影響有多大？她的學校生活快樂嗎？跟老師和同學的關係好不好？她喜歡不喜歡她的工作？她自己知不知道她的笑容迷人？

醫生與植物

讀到一則英文語錄：

「永不要光顧這個醫生，如果他醫務所的植物已經枯死。」

醫生是醫人不是醫植物，為什麼醫務所的植物死了連這個醫生也不能信任呢？

我卻很同意這句語錄的判斷。

一棵植物之死，並非一朝一夕。大多是由於長期缺乏照顧。

這可能由於醫生缺乏愛心。對於他醫務所的綠色生命全不關懷，任它在惡劣的情況下奄奄一息，終於死去。缺乏愛心的醫生不是好醫生。

這可能由於醫生太忙。除了看病之外，醫務所的其他事務無暇理會。太忙的醫生不是好醫生。

這可能由於他請的護士不盡責。或對生命態度冷漠。不能知人善任，對下屬管理不善的醫生不是好醫生。

這可能由於他不明白病人心理。當病人候診時，見到那些植物生機旺盛，很可能激發起對抗疾病的鬥志，也帶給他們一份愉快的感覺；看到垂死的植物，卻會使人沮喪。不明白病人心理的醫生不是好醫生。

這可能由於他對環境衛生不注意。醫

務所空氣不流通，充滿有毒氣體，連植物也捱不住，死了。對環境衛生不注意的醫生不是好醫生。

醫務所擺滿靚花靚草並不代表醫生醫術高明；但盆盆枯黃，棵棵萎謝，的確使我們產生以上的疑懼。唔，還是換一位心安一些。

散文

糟老頭

常見德高望重男士，受到許多人尊敬仰慕，當他出現時，這個前來問候，那個前來致意。可是如果他陪同夫人在座，你又跟他們一桌，只要多坐一會兒，便會發覺，這位太太根本不當他是什麼了不起的人物，在她心目中，似乎只是個糟老頭。

「英雄見慣也平常」固然是其中一個原因，而老人家之「糟」也是實情。

老人家記性不好，丟三忘四，一年掉幾次錢包，一天找幾次眼鏡，太太知道得最清楚。

老人家身體不好，出門忘了戴帽子便傷風，上下樓梯也氣喘，太太知道得最清楚。

老人家自制力弱，明知道肥豬肉不該吃偏偏嘴饞，醫生要他戒酒他卻偷喝，太太知道得最清楚。

老人家不夠精明，一次又一次被「朋友」騙，被徒弟騙，被女人騙，卻總沒有經一事長一智，太太知道得最清楚。

這麼多糟事都給太太知道了，言談之間怎會抬舉於他？這些太太並不尊敬她們的丈夫，可是說到愛卻又有誰能勝過她們？

姿態優雅

經過華埠停車場樓下那間理髮店，幾個老師傅在幫人理髮，當時覺得他們的姿態很優雅，想是經過很嚴格的訓練才養成的，即使連續剪十個八個頭，其優雅仍然不變。

其實除了跳芭蕾舞、時裝表演之外，其他種種不屬藝術範疇的工作，姿態一樣可以優雅。

我不是形象藝術家，根據我的淺見，優雅的姿態常具備幾個因素：

第一是直。就像森林裏的樹那樣，一棵棵直立着，看似簡單，絕不難看。士兵接受檢閱時也站得筆直。一個人站得直、坐得直，難看不到哪裏去。

第二是平衡。舞蹈、溜冰花式表演、體操表演，最好看的便是在最難平衡時取得平衡。騎腳踏車最難是上下車，那技術好的一上一落是多麼瀟灑，無他，平衡得好而已。

第三是純熟。純熟本身已使人驚歎，由於純熟又可以加上些花巧，如大廚把大鐵鍋掀得那麼漂亮，有些交通警察指揮車輛的手勢如舞蹈，都是工多藝熟，熟能生巧。

第四是舉重若輕。像男芭蕾舞者舉起他的拍檔，我拎起重重的菜籃，都希望達此境界。

碼頭老人

從北溫渡輪碼頭遙望溫哥華市中心的高樓大廈，很有點像在尖沙咀碼頭遙望中環，只是少了扯旗山作為大廈的背景。

沒有約會的周末，我喜歡來這裏坐坐，看碧海藍天白雲，看海鷗飛翔。

今天忽然聽見成羣海鷗興奮的鳴叫，而且從四方八面聚集在海面一角。

原來欄杆邊一輛電動輪椅上坐着一位老人，他正把一小塊一小塊的 muffin[*]拋進海裏餵海鷗。每塊 muffin 掉進海中時都引起一陣搶食的騷動。

老人見我們看得有興趣，便讓海鷗們來個更精彩的表演，他先把半塊餅食放在手中示意，然後往空中一拋，便有一隻海鷗及時飛起，在半空中，把那塊餅叼走。

老人還說：「我每天都來，海鷗認得我的電動輪椅，一見便飛過來，有一次我換了一輛輪椅，便沒有海鷗過來。」

這時幾隻鴿子飛過來討吃，老人說：「我不餵鴿子，因為牠們欺負麻雀。」

　　看來老人的生活是無憂的，只是寂寞了一些，才每天到這裏來餵海鷗。

　　而我，看寂寞的老人餵海鷗，卻是一種生活情趣。

---

*muffin：鬆餅，也有譯為「瑪芬」或「馬芬」。

鄉愁無端

冬日黃昏，天黑得早。六時許乘搭海上巴士往北岸轉車回家，已是暮色濃重，萬家燈火。

走進碼頭，剛好送船，下一班要等二十分鐘，在一張長椅上坐下。耳邊響起樂聲和歌聲，兩個年青人正演唱，在大小結他伴奏下，樂韻悠揚。

他們的水平很不錯，選的歌也很抒情。各自輕輕搖擺着身體，半閉着眼睛，自己陶醉在音樂中。

我以前沒有聽過這些歌，但歌聲打進我的心坎，忽然勾起我的鄉愁。

啊，我不是準備以此地為家了麼？為什麼在這個雨霧濃重的黃昏，在這個渡輪碼頭裏，我會被他們的歌曲打動，一陣落寞悽然的感覺突然襲上心頭。

或許他們是異鄉流浪者吧，他們的歌聲中浸滿了苦澀的思鄉滋味，勾起了我的思緒，好像忽然變成一個孤單的漂泊者。

我往他們的琴盒裏丟下一張紙幣，希望能帶給他們一頓較豐富的晚膳。

噢，船到了。祝你們旅途愉快，年青人。

孩子怕怕

　　有人向一百零五個第五班*的學生做了一個小小的調查：什麼是你父母使你最感難堪的事？結果如下：

　　有二十八個學生選答因此名列榜首的是：「在公眾場合對我大叫大嚷。」因為大叫大嚷人人都聽見，公眾場合大家都看見，這使孩子十分的有損尊嚴。

　　位居第二的卻使人出乎意料：「在公眾場合吻我。」有二十四個小朋友選答此項。我想親吻是歡迎的，但不要在眾人之前，不好意思嘛！

　　第三個多選的是把嬰兒時期的照片給人看。當然最難為情的是那些出浴照片。選答此項的有十六人。

　　接着依次排下去的是：

　　講嬰兒時期的趣事（多數是瘀事）給人聽。

　　替我抹臉（你以為我還小麼？而且他們總是這麼大力地擦）。

　　對人說我的壞話，懶惰啦，污糟啦，無禮啦，貪吃啦，好買名牌啦，用錢多啦……

　　要我在客人面前表演，彈琴啦，唱歌

---

*第五班：相當於香港的小學五年級。

啦，跳舞啦，煩死了！瘀死了！

　　要我穿着我不喜歡的衣物，太老土了！

　　在車上唱歌，而車上有我的朋友。唉，歌又舊，又走音，又喉沙，我替我的朋友難受。

　　各位家長，以上九點可要盡量避免啊！

尋樓記

今天説一個真實又荒謬的故事。

某太太有兒有女,從十一、二歲到十七、八歲。但做家務的只有某太一人,她又有一份散工要做,時間不夠分配,家裏難免經常處於亂糟糟狀態。

有一天,大女兒説她經常穿着的一件短褸不見了。

某太太説:「你有沒有遺忘在街上或朋友家裏?」

大女兒説這幾天天氣暖,根本沒有穿過。

某太太説:「你有沒有到處找找?」

大女兒説她連沙發椅底下、窗簾後面、琴凳下面、汽車後座都找過了,就是沒有。

到其他兄弟姊妹回來時,一一詢問也沒有人見過。

真是奇哉怪也!後來最小的女兒説:

「禮拜天婆婆來過,她喜歡收拾東西,説不定她見過,不如打電話問問她。」

婆婆的答覆是:

「有,我替你掛在衣櫃裏,跟其他的褸在一起。」

大女兒打開衣櫃一看,果然在那裏。這本是外套最應該放置的地方,卻是東西到處亂放的大女兒想也沒想起的所在。

　　只要留意一下，便知道許多家庭裏有一個人經常扮演受氣袋角色，大家都把氣出在他身上。

　　這人不一定是輩分最低的一個，卻多數是脾氣最好的一個。

　　這人最有量度，不容易生氣；這人最有忍耐，能忍他人之不能忍；這人最謙厚，不與人計較，最肯讓人。有這麼好的人在家庭裏存在，大家的氣不出在他身上出在誰身上？

　　於是誰在外面受了旁人的氣，便無緣無故的拿他來「糟質」；誰在家裏受了其他成員的氣，也怪罪於他。譬如婆媳不和，做兒子的就慘了。老人家怪他不管教妻子，妻子怪他太將就老母。他什麼事都沒有做錯，卻腹背受敵。原因是爭吵的雙方誰也討不了好處，向一個脾氣最好的人發洩最是安全。

　　一個人如果涵養到家，懂得把所受的氣宣洩化解於無形，多來多化，少來少化，那麼這位仁兄是難得的聖賢，值得我們敬佩讚美；如果他一味的承受眾人惡氣，卻無力宣洩，無法化解，久而久之，必鬱結成病，或為腫瘤，或為精神疾患，捱不住的甚至會一命嗚呼！他是為眾家人所殺，誰叫他肯做受氣袋！

跟母親相像嗎？

「你跟你的母親相像嗎？」一份區報徵求母女照片，在母親節快將來臨時，讓讀者來個認人遊戲，看誰能把故意混亂擺放的母女照片，辨認出誰跟誰是媽媽和女兒。

這是個有趣的遊戲。的確，既然是骨肉至親，在她們的臉上總會找到許多共同的特徵。

並不是所有做女兒的在別人說她像她的母親時感到開心，因為她心裏可能這樣想：

「死啦，阿媽這樣難看，說我像她，有冇搞錯！」

中國有一句老話：「兒不嫌母醜，狗不嫌家貧。」如今第二句仍是事實，第一句卻未必。

乖女兒就不會這樣想，她聽到別人說她像母親，她會高興地說：「當然啦，人家說我們像兩姊妹呢！」這句話媽媽聽了該多高興！

乖女兒又會說：「媽媽年青時是個大美人，我真的像媽媽就好了！」這又是使媽媽開心的說話，好過請媽媽飲茶。

乖女兒還會纏着別人問：「我哪裏最像媽媽？眼睛？鼻子？嘴？」很明顯，她

是以跟媽媽相像為榮、為樂。我們很容易感覺到母親在她心中是一個美好的形象。而當她這樣做時，也表現了她天性美好的一面。

當別人說你的兒女像你時，你會覺得高興。當別人說你像你的父母時，相信他們也高興。因此千萬別說不同意！

夢中見爺爺

父親去世一年了，他忌辰那天我們將身在外地，只得在出發那天早上匆匆向他的遺像鞠躬。

回來後，女兒說那天太匆忙和草率了，提出要再拜祭一次。於是準備了香燭水果，一個個再向爺爺（全家都是這樣叫他）行禮。

這天夜裏，我做了一個夢，夢見爺爺臉帶微笑，出現在我面前，精神奕奕的樣子，不過他比平常要高，本來是比我矮的，如今卻高出我兩個頭。

我怕自己在做夢，便用力拍打自己，打了一次又一次，但情景依然。我歡喜的想：爺爺真的回來了。

後來爺爺坐到籐椅上去，就像他平常慣做的那樣，於是我俯伏在他身上，緊緊地抱着他，又歡喜又悲傷地哭起來。我哭了很久，終於醒了。失望地發覺，原來自己仍然是做了一個夢，但夢中的情景清清楚楚。

走到客廳上，爺爺的遺像微笑地看着我，跟夢裏的笑容一樣。

或許你會說我日有所思，夜有所夢。但我寧願相信是爺爺的魂魄遠涉重洋來看望我們。

　　他精神奕奕而且是那麼高大，處境一定不差，相信他
會常伴在我們左右，隨時庇佑我們。

　　想到他如健在，也將移居來此，退休的我可以跟他學
寫字，學填詞，那是多開心的事啊！

天使和女巫

買了一本《二十世紀兒童故事寶庫》，其中一則故事叫《納爾遜小姐失蹤了》，作者是 Harry Allard，插圖是 James Marshall。

納爾遜小姐任教的一班是全校最頑皮的，上課的時候孩子們把香口膠吐到天花板上，紙飛機滿天飛，上故事課的時候根本沒有人肯聽，課室裏亂成一團。

終於有一天納爾遜小姐不再來上課，代替她的是渾身醜陋的史溫小姐，她的樣子像女巫。

史溫小姐兇得很，人人都要乖乖地靜坐，她不講故事，天天吩咐許多功課。

納爾遜小姐哪裏去了？孩子們到她家門前去查看，卻見史溫小姐在街角出現，嚇得孩子們立即逃走。

當孩子們十分十分懷念納爾遜小姐時，她終於回來了。課室裏秩序好得很，上故事課的時候乖得不得了。孩子們問她去了哪裏，納爾遜小姐說這是她的秘密。

納爾遜小姐放學回到家裏自己對自己說：「這個秘密永遠不會對他們說。」因為那女巫老師是她假扮的。

這個故事告訴我們：你既要是天使，又要是女巫，才可以做一個成功教師。

釣金魚

在一份社區報 *Voice* 上讀到一則有趣的故事：

那是生活比較困難的年代，作者還是一個少年，食物缺乏，很少人家養狗、養貓。

孩子們在湯米家玩的時候，見到收音機上放著一隻大碗，裏面有一條金魚。是湯米的母親玩 Bingo 獲得的獎品。

幾個孩子把金魚連碗搬到桌上看，又用麵包餵牠，可是金魚病奄奄的不想吃。

有人說或許空氣不夠，看牠的嘴開合得多用力。於是他們把金魚捧到屋外去，卻很快引來附近一班小孩，你推我擠的看金魚。不知怎樣一來，乓乒一聲碗掉在地上碎了，金魚卻連水掉進了有鐵格子渠蓋的下水道，他們還聽到底下水被濺起的聲音。

湯米苦著臉說一定會被他媽打死。一個女孩回家拿來扣針和線，說看能不能把金魚釣上來。這天晚上他們沒有釣回金魚，湯米也沒有給他母親打死。

不過從這天開始，孩子們常帶了魚鈎、魚絲來，圍著這個水渠口釣魚。過路的人笑他們是在釣老鼠，他們全不介意。有時候他們轉述從大人那裏聽來的故事，有時

候傾吐他們的心事，有時候說說他們的夢想。金魚一直沒有釣回來，他們卻不知不覺的一天天長大。

　　不只是這個故事中的小孩，我們身邊的男男女女，老年中老，不也是要找一個題目讓大家圍坐一起嗎？茶局、牌局、卡啦 OK、懷舊舞會……

賣花女

散文

　　在書店的廉價書攤上，五塊錢買了一本短篇故事集，書名是 *True Love*。

　　其中一則淡淡的很有意思：

　　幾年來我跟一個年輕女子買花，她是來自印度支那的難民。她的花跟她一樣，都是那麼鮮麗。我不知道她的名字，我們沒有共同的語言，對她來説我只是一個普通的顧客。

　　對我來説，她是春天，她與那些水仙、紫鳶在一起。她是夏天，她跟玫瑰和葵花在一起。她是秋天，她跟大麗花和菊花在一起。當花事已了，冬天到了，她不再出現，我茫然若失。

　　當她把花給我，我付錢給她時，我會有意無意的碰碰她的手。我堅持不要她找錢，她便堅持要多給我一枝花。

　　我曾經要一次過買了她全部的花。可是她搖頭説「不」。我不知道她為什麼。或許，她像我一樣，她正愛着某一個人，她要在那裏等他前來買花。

　　這故事一點不哀怨纏綿，一點不蕩氣迴腸，但那淡淡的甜香卻十分醉人。愛隨着花香浮動，克制、了解、包容，純淨如花上露水。

腳

散文

這些時試着步行上班，由於節省了候車時間，倒也慢不了多少。當我一步一步，終於到達目的地時，不禁深感雙腿有用。

人的四肢之中，自從兩手放棄了「行」的任務，去從事其它工作之後，似乎取得了較高的地位，欺負起他的老拍檔來，我這樣說絕沒有冤枉了手，而是有事實根據的。

只要把雙腳的樣貌和雙手比較一下，就會發覺腳是一副勞苦相，再摸摸腳底的皮，一定比雙手硬得多，厚得多。也就可以證明是誰的工作更為辛苦了。

有人說，那是因為腳笨，不會做工作，被人看不起，活該。其實腳一點也不笨，他有很多工作不會做，只因為缺乏訓練而已。有一位無手的雕刻家，他就是用腳工作的；馬戲班和雜技團裏有些藝員的腳，表演起來比手還靈活，就是訓練的結果。

其實，腳是一個謙虛者，他默默地服務着，不則一聲。當手在交際場合或相握，或舉杯祝飲，或揮搖示意時，腳是沒有誰注意的。

腳也有受人注意的時候，在足球場上，溜冰場上，田賽、徑賽場上，千萬人矚目的就是運動員的雙腿，他們或則表演出種

種的花式，或則顯露出驚人的技巧，或則呈現令人興奮的速度和力量。可是，在雙腳拚命地取得勝利之後，鎂光閃爍之中，捧去獎盃的卻是雙手。

　　腳，惟一引以為慰的是，每晚替他沐浴清潔的是雙手。或許就是這每日一次的服役，使腳辛勞工作而從不表示不平吧。

散文

耳朵

在我們面部諸器官中，耳朵是最沒有表情的一個，這該是他退居面部邊緣的原因之一吧。

回眸一笑，眼圈兒一紅，杏眼圓睜，橫加白眼，目眥*欲裂，眉目傳情，眉挑目語，擠眉弄眼，目不斜視，「打雀咁眼*」……都是眼的表情。

咬牙切齒，笑得合不攏嘴來，張口結舌，抿着嘴兒微微一笑，「擘大個口得個窿」……都是嘴的表情。

比起眼和嘴來，鼻子的表情是差了一點勁兒，但小姑娘撩撥大人時會皺鼻子，那樣子又天真又可愛；小弟弟傷心時，哭起來兩個鼻翼搧呀搧的真令人捨不得；至於大經理把鼻子一翹，或是在裏面含含糊糊的哼一聲，態度高傲得令人討厭。

耳朵呢？他像兩片蘿蔔乾似的呆在那裏。難怪小孩畫人常常漏了畫耳朵，因為他太不引人注意了。不過說他完全沒有表情卻也冤枉了他。在小姑娘或是老實的小伙子怕羞時，在不慣發脾氣的人脾氣發作時，他就會霍的紅了，那模樣也是怪有趣的呢。

243

---

*眥：眼角。粵音自。

*打雀咁眼：形容人目不轉睛地看。

手肘

記得在一個晚會中，有人提出了一項有獎問答，問題是：

「把你的一隻手放在什麼地方，使另一隻手無法捉到它？」

一時之間，無人答得出。答案原來是手肘之下。

這的確是一個不受注意的地方，有人一天在鏡子裏看自己的面孔超過五十次，有人連腳趾尾都化了妝，但手肘這地方卻很少注意到。女孩子的短裙，故意把膝頭露出來，同是四肢關節的「肘」，卻沒有誰把它故意顯露人前。或許因為它生就一副不雅的樣子，當你把手伸直時，便會看到它又黑又皺，苦巴巴的。

手肘看起來什麼也不會做，其實它是最會做事的「手」的忠實支持者。沒有了它，手就無法把工作做得好，它受到牽制，手就失去了自主能力。用「掣肘」這個詞語形容做事的受人牽制留難，是最恰當不過了。

我對我的手肘倒是有一份親切之感和感激之情的。我的羊毛衫和西裝外衣，最先壞的就是手肘部分，不待捉襟而肘見。因為伏案寫字是我的主要工作，寫字時，手肘就在枱上磨來磨去；寫不出時，要托

着下巴絞腦汁，這時手肘支持着整個頭部的重量，難怪這部分特別容易壞了。苦力的膞頭最辛苦，這部分的衣服也最易破爛；我的手肘部分衣服最先破爛，可見它的工作是很吃重的。詩人白居易對手肘的工作是注意到的，他因為伏案書寫、閱讀太辛勤，手肘上都生了老繭，在《與元九書》中有「手肘成胝*」的描寫。

　　手肘比起他的兄長「膝頭哥」來要清高得多，它不會卑躬屈膝，拜倒在權貴之前，它只是沉默地工作，好一副硬骨頭。如果對它的硬度有懷疑，請吃我一「包踭」，你就可以嘗到它的滋味。

*胝：因長期的磨擦而在手或腳長出來的硬皮。粵音之。

死亡的印象

在越來越趨模糊的童年印象中,「死亡」總是以幽深的黑色,突現在許多事件之上。

童年和死亡是人生的兩端,死亡對小孩來説,距離是那麼遙遠。雖然他們見過一隻小蟲的死亡,見過一隻貓或是一隻雞的死亡,但這些都不是人類,除了當時感到一陣驚愕或是好奇之外,見慣了也就不覺得什麼。直至有一天,一個親人的永別,在他們面前清楚地展示出一個殘酷的,不可避免的自然規律:人是會死的!他們的心靈才遭受到猛烈的震撼。這震撼甚至超過他們因失去親人所生的悲痛。他們也會在死去的親人前哀哭,是哭死去的親人,也是哭自己。

我六歲時,也遭逢到我惟一的妹妹的死。她比我小兩歲,因麻疹轉為肺炎,鄉間缺乏適宜的藥物治療,在纏綿了一個時期之後,終於有一天,她死在母親的懷裏。我聽到母親淒厲地徒然呼喚她的名字,看到她睜大的動也不動的眼睛,突然明白了這是什麼一回事,這就是死亡!它並不遠,它現在正降臨在我妹妹的身上!不知是由於害怕,還是母親不願我看到這可怕的一切,我出了家門,獨自呆坐在一處少人到

的地方，直到黃昏，天漸漸黑下來，才踽踽*地回到那籠罩着死亡陰影的可怕的家。

從此，死亡是一個拂之不去的怪物，時常折磨我小小的心靈。

不久，我又遭逢祖父的亡故，我看到他安詳地睡在棺裏的容貌，倒不覺怎樣可怕；但在落葬時，那泥土打在棺木上的聲音，一下下打在我心上，令我的心抽搐，因為這就是和生命永別，而我也注定會有這樣的一天。

隨着年歲的漸長，「死亡」的無情面貌，是更為清晰了。在歡樂的或是忙碌的日子，它會悄悄隱去，但在身體違和，或是好友亡故時，它又會頑固地重現。

為了這，我甚至怨恨造物者，他既然叫我來，就不該叫我去。如果早知道來了又要去，我是寧願不來了。

使我佩服的是那些老人。他們談論死亡，如同談論家常，聲調是那麼平靜，好像那只不過是另一個家，他們不久會遷移過那邊，再繼續生活下去。我鄉下不少老人，在生前就為自己買下了棺木壽衣，有的還親手為自己的棺木髹漆，像為自己粉刷新居。當時我認為他們的無懼於死亡，是由於迷信，因為他們相信有陰間，有來生；而我，受了科學的洗禮，對死亡有絕不相同的看法。

後來我又漸漸看到，死亡對生命力旺盛的少年和青年人來說，面目是最為嚴竣的；而對一些老年人或常年為疾病折磨的人，卻也有它可親的地方。

*踽踽：孤獨行走的樣子。粵音舉舉。

蒙田説：「由於自然的手引我們沿着這柔和的幾乎不知不覺的斜坡下去，她把我們慢慢地，一步一步地引入這不幸的境界，使我們與她熟習，於是當韶年*在我們裏面死去時，我們感不到這搖撼。其實這青春的死在事理上比那苟延殘喘的生命整個的死，比那老年的死都更難受，為的是從『苦生』跳到『無生』，實在沒有從舒適繁茂的生跳到憂愁痛苦的生那麼艱難。」

蒙田的看法在消極方面減少了死亡的可怖，對待死亡其實另有一種積極的態度。古代的許多哲人都從積極方面叫我們無懼於死亡，孟子叫我們「捨生取義」，文天祥説「人生自古誰無死，留取丹心照汗青。」而從古到今的歷史上，多少仁人志士為真理拋頭顱，灑熱血，更為我們樹立了不怕死的榜樣。

「人生互相傳遞着生命，

正如賽跑的人一般，

互相傳遞生命的火炬。」（魯克列斯）。

有時為了要把火炬燃燒得更旺盛，那麼即使燃點的時間變得短促，難道不值得嗎？

我是一個平庸的人，既未有蒙田的恬靜，又未有志士的大勇，面對死亡仍不免困擾，這或許是人之常情吧。

*韶年：美好的歲月。

散文

講鬼故事的情趣

在旅途的小客店中，一燈昏然，夜雨打窗，三數同伴，不能成眠。是時也，最好講鬼故事。

偶爾到鄉村舊屋居住，牆上懸祖先遺容，屋角有蛛網纏結，秋蟲鳴於堦*下，老鼠在閣樓上偷食。是時也，最好講鬼故事。

在野外林邊露營，天是又黑又高又神秘，夜風冷勁，吹得人有點寒意，觸目所見，老樹枯幹像巨人的臂，岩石如巨獸的軀。是時也，最好講鬼故事。

月夜泛舟海上，岸上燈火漸漸遠去，潮聲如巨人鼾音，水底閃詭異磷光，釣絲在手，卻無魚兒吞鈎。是時也，最好講鬼故事。

三數友人結伴夜行，月暗星稀，冷霧迷濛，遠遠傳來狗兒的悲鳴，夜梟*的怪啼。是時也，最好講鬼故事。

鬼故事不必曲折，曲折就不像真。只需平平道來，就像是真人真事，自能使人毛骨聳然。譬如你想說王二夜行遇鬼，你可以先約略介紹王二：他是你認識的，他老婆和你家有點親戚關係，連帶王二也算

---

*堦：同「階」，指石階、台階。

*梟：鳥名。粵音囂。

是你的親戚了。你可以説王二這人膽子大，時常走夜路，什麼也不怕。有一晚他到村裏的小店去賭錢——跟着你可以介紹一下這種小店。別以為這些是題外話，嚇不了人，其實這些題外話增加了故事的真實感。

鬼的相貌也不必刻意形容得猙獰可怖，任誰形容都不及聽者自己所想像的恐怖。慘白的面孔，帶着悲慘神色的笑容，深沉的歎息，冰冷的手，就只這些已很夠味了。

講鬼故事不是宣傳迷信，也不必帶因果報應的説教，它只是一種生活情趣，講的人不信，聽的人半信半疑，但説到緊張處，不但聽的人害怕，講的人有時也會嚇到自己。這時你摸一摸人家的手，一定是凍冰冰的，圍坐的圈子似乎越來越小了，大家都想坐得靠近一些，誰也不大敢轉身向後瞧。到故事講完了，如果有誰提出想到屋外解手，一定有很多人想一同去。因為剛才誰也不敢單獨前往，而一會兒又不知道有沒有人陪。

散文

教小猴子塗鴉

我們教書的行家，把「書法」這科歸入「補身堂」一類。所謂「補身堂」就是省氣又省力之堂，教師可以藉此獲得喘息機會。

本人有幸分得一年級書法一節，教小猴子們照着「上大人」的本子填墨。

下面是本人某次的上課情形：

「老師，我的墨盒打不開。」我一踏進課室，就有兩隻手高高舉起。

「打不開的墨盒拿出來。」我話未説完，已有七八個墨盒拿了過來。

別以為開墨盒是件容易事，我覺得跟軍火專家對付炸彈差不多，要小心翼翼，絕對不能大意。那些墨盒被乾了的墨汁糊住，可真不是容易開的。而且有的墨盒要旋着開，有的要向上揭開，弄錯了就開不了。小猴子們也有他們的方法，那就是在桌邊上敲，你敲他也敲，連那打開了的也敲着趁熱鬧，課室裏像擂起了金山戰鼓，才叫好聽呢。如果桌子邊上敲不開，他們就來個「孤注一擲」，把墨盒大力向地上一擲，如果擲得開，地下就是一塊墨印；如果擲不開，那墨盒滾來滾去，小猴子們追來追去，課室裏就像在上演「花果山」了。

　　我早幾堂已經領教過，所以一律禁止，要他們把墨盒交給我處理。當七八個墨盒全開好時，我兩隻手已糊滿了臭墨汁。

　　小孩子抓毛筆比抓筷子還要困難，有時看到他們一面寫一面手發抖，真是好笑。捉着他們的小手教他們執筆是省不了的，跟小孩子擠坐在一張小椅子上，我兩條長腿真不知擺在哪裏。小猴子的頭剛在我鼻子底下，有時那頭髮裏鑽上來的汗酸味，才叫提神醒腦呢。

中國字的寫法是用右手寫字的人所定，我班有兩個用左手的孩子，寫來就特別彆扭。我教他們執筆，要用我的左手捉着他們的左手，可惜我的左手未經訓練，結果寫出來不成樣子。

小猴子們對寫字似乎沒有興趣，不過他們會從沒有興趣中找興趣，方法之一就是左面寫一個，右面寫一個，上面寫一個，下面寫一個，總之不願按着規矩寫。有的胡寫亂畫，填夠數目就停下來鬥嘴。於是我來一個臨時緊急法：不論多少，要寫到下課才准停筆。

下課鐘未打，又見一名小猴停筆不寫，而且在那裏整古作怪，我立刻走上前去喝問：「為什麼不寫？」

「寫完啦！」小猴子毫無懼色。

「我説過要寫到下課。」

「本子寫完了！」

「拿來看！」

我拿起本子來一看，果然全本都寫完了，可是他的本子特別薄，可以看出後面撕掉了好幾張。

「為什麼撕簿？」

「我……我大便……沒有紙，就……就……」

真是豈有此理！

且慢

他洗得乾乾淨淨，穿得齊齊整整。

他對人很有禮貌，又會鞠躬，又叫早晨。

他讀書勤學，功課準時交，而且做得很認真。

他上課時守秩序，從不談話打架，樣樣合乎標準。

對這樣的孩子該是十分滿意，夫復何求了吧？但是，且慢！

他不論做什麼事，要對自己有好處的才做，對自己沒有好處的，真個是「拔一毛以利天下不為也」！

例如有同學問他功課，他明明懂得，卻從來不肯教人。

例如有同學向他借東西，如間尺、圓規之類，他從來不借。

學校裏一些服務性的工作，他從不參加，同學叫他，他的答覆是「咪搞我！」。

這樣的孩子，比一個污糟的、粗魯的、不大用功的、不很守秩序但卻並不如此自私的孩子要差得多，討厭得多，可怕的多。

許多做母親的，只知道教孩子飯前洗手，睡前刷牙，見人就叫；許多做教師的只要求學生上課守秩序，家課交得準，誰能做得到就是好孩子、好學生。他們沒有

抓住品德教育中最重要的一點,那就是教導孩子做一個大公無私,以服務社會為人生目的的好人。沒有了這種基本的做人品德,孩子長成後,不論他多整潔、多懂得禮節、多有學問,卻是個自私自利的小人,那麼,對這個人的教育可算是完全失敗了。